Collection **LYCÉE** dirigée par
Sophie Pailloux-Riggi
Agrégée de Lettres modernes

Gustave Flaubert

un cœur simple

1877
texte intégral

Édition présentée par
Laure Helms
Agrégée de Lettres modernes
Docteur en Littérature française

sommaire

Contextes

Qui est Flaubert en 1877 ? ... 4
Une époque de bouleversements ... 6
Une écriture entre lyrisme et réalisme ... 8

Lire Un cœur simple

Chapitre I ... 13
Chapitre II ... 15
Chapitre III ... 25
Chapitre IV ... 42
Chapitre V ... 53

Dossier central images en couleurs

Relire Un cœur simple

☐ Testez votre lecture 56
☐ Structure de l'œuvre 58
☐ Pauses lecture
1. Un incipit traditionnel ? 60
2. Une héroïne malgré elle ? 64
3. Félicité, sainte ou singe ? 68
4. La mort de Félicité, une apothéose ? 71

☐ Les thèmes de l'œuvre 74

☐ Lectures transversales
1. Un conte réaliste ? 77
2. Félicité, un personnage ambigu ? 80

☐ Analyse d'images
Un cœur simple, un monde de femmes ? 83

☐ Groupement de textes / Vers l'écrit du bac 85

☐ L'œuvre en débat
Un testament littéraire ? 89

☐ Question d'actualité
La littérature contemporaine, temps des « vies minuscules » ? 95

☐ Rencontre avec…
Marion Laine, réalisatrice 100

☐ Lexique 105

☐ Lire & voir 106

Qui est Flaubert en 1877 ?

En 1877, lorsque paraissent les *Trois contes* (*Un cœur simple*, *La Légende de saint Julien l'Hospitalier* et *Hérodias*), Flaubert a cinquante-six ans. Son œuvre, dense et exigeante, s'est imposée comme incontournable, mais l'écrivain peine à rencontrer un succès durable et doit faire face à de multiples difficultés. Avec ses *Trois contes*, il renoue cependant avec le bonheur d'écrire, et l'ouvrage, presque unanimement salué par la critique, rencontre enfin l'accueil qu'il mérite.

> *Avec* Trois Contes, *Flaubert renoue avec le bonheur d'écrire.*

Une vocation précoce

Gustave Flaubert est né le 12 décembre 1821 à Rouen, où son père, Achille-Cléophas, est chirurgien en chef. En 1832, il entre au Collège royal de Rouen. Élève doué, mais supportant mal la discipline de l'établissement, il se passionne très tôt pour la littérature et publie différents récits dès l'âge de treize ans. Après son baccalauréat, ses parents l'obligent à s'inscrire à la faculté de droit de Paris. Mais Flaubert, que ces études ennuient, échoue à ses examens et entend désormais se consacrer entièrement à son art.

En 1844, le jeune homme s'installe pour écrire à Croisset, dans une petite propriété en bord de Seine achetée par son père. Mais ce dernier disparaît l'année suivante, peu avant Caroline, la jeune sœur de l'écrivain, qui meurt en mettant au monde une petite fille. C'est sur cette enfant que Flaubert reportera une grande part de son affection.

Les années suivantes sont marquées par sa liaison avec la poétesse Louise Colet, ainsi que par ses voyages, notamment en Orient.

« Je suis un homme-plume »

En septembre 1851, Flaubert entame la rédaction de *Madame Bovary*, qu'il achève après six années de travail acharné. Le roman lui vaut un procès retentissant pour atteinte aux bonnes mœurs. Acquitté, l'écrivain se remet au travail et se lance dans *Salammbô*. En 1869 paraît *L'Éducation sentimentale*, roman de l'échec et de la désillusion. L'œuvre est mal comprise, boudée par la critique comme par le public. Cinq ans plus tard, *La Tentation de saint*

contextes

Antoine, travail de toute une vie, ne rencontre à son tour que très peu d'échos.

Extrêmement affligé par ce double échec, ainsi que par les événements de 1870 (voir Contextes, p. 6-7), Flaubert se lance dans la rédaction d'un vaste roman, *Bouvard et Pécuchet*, qu'il laissera inachevé.

Ses amis, Louis Bouilhet, Sainte-Beuve ou Jules de Goncourt disparaissent tour à tour, ainsi que sa mère, en 1872.

« Suis-je vieux, mon Dieu ! Suis-je vieux »

La santé et le moral de Flaubert déclinent alors rapidement. Malgré l'amitié fidèle des écrivains George Sand ou Tourgueniev, malgré l'admiration affectueuse de jeunes « disciples » comme Maupassant, l'écrivain se sent désespérément seul et vieux. Pour comble de malheur, il rencontre de graves difficultés financières. En 1875, Flaubert est contraint de vendre l'ensemble de ses biens immobiliers, à l'exception de Croisset.

C'est dans ces circonstances pesantes que l'écrivain entreprend en septembre 1875 la rédaction d'un premier conte, *La Légende de saint Julien l'Hospitalier*. « Pour voir [s'il peut] faire encore une phrase » et pour tenter d'échapper aux soucis qui l'accablent... Le conte achevé, Flaubert écrit en quelques mois *Un cœur simple*. Les deux œuvres sont complétées par un troisième texte de dimension comparable, *Hérodias*, consacré à l'exécution de Jean-Baptiste.

En 1877 paraît ainsi le recueil *Trois contes*, qu'ouvre *Un cœur simple*, situé en Normandie, comme *Madame Bovary* vingt ans plus tôt. Flaubert cherche à rompre avec l'image d'un écrivain insensible et volontiers ironique.

Flaubert cherche à rompre avec l'image d'un écrivain insensible et ironique.

L'accueil de la critique est cette fois très élogieux. L'écrivain se dit « remâté » par cette expérience heureuse.

Le 8 mai 1880, quelques mois après avoir salué en Maupassant et sa nouvelle *Boule de suif* un chef-d'œuvre, Flaubert meurt, victime d'une hémorragie cérébrale. ■

Une époque de bouleversements

Gustave Flaubert a vécu une période particulièrement mouvementée de l'histoire de France, marquée par deux révolutions (1830 et 1848), la guerre franco-allemande de 1870, la Commune de Paris (1871), et, au total, pas moins de quatre régimes politiques différents.

Le retour de la monarchie

L'écrivain est né sous la Restauration, en 1821. Louis XVIII, frère de Louis XVI, a instauré une monarchie constitutionnelle. En 1824, à la mort de Louis XVIII, Charles X, comte d'Artois (dont Mme Aubain puis Félicité conservent un portrait dans *Un cœur simple*), accède au trône. Sa politique, très conservatrice, conduit aux journées révolutionnaires de juillet 1830. Louis-Philippe, « Roi des Français », succède à son cousin. Ces événements trouvent dans *Un cœur simple* un lointain écho, lorsque le conducteur de la malle-poste vient annoncer dans Pont-l'Évêque « la révolution de Juillet ». Seule conséquence manifeste de ces bouleversements pour les habitants de la petite ville : la nomination d'un nouveau préfet, le baron de Larsonnière, accompagné de sa famille et de... Loulou, le perroquet d'Amérique.

Deux révolutions, quatre régimes politiques !

La mutation de la société sous le second Empire

En 1846, une grave crise économique frappe l'Europe entière.
Une révolution éclate à Paris en février 1848. Après l'abdication de Louis-Philippe, la IIe République est proclamée. Elle s'ouvre sur une série de réformes importantes (abolition de l'esclavage, rétablissement du suffrage universel pour les hommes...), mais le coup d'État de Louis Napoléon Bonaparte, le 2 décembre 1851, met rapidement fin à ce régime fragile. Malgré l'importance de ces événements, qui lui sont contemporains, *Un cœur simple* n'y fait aucune allusion.
L'Empire est rétabli en novembre 1852, et Louis Napoléon règne sous le nom de Napoléon III. Dans *Un cœur simple*, c'est à cette époque que l'on peut situer la mort de Mme Aubain (1853), puis la maladie et la mort de Félicité, quelques années plus tard.

contextes

La société française évolue considérablement : l'industrialisation s'accélère, les chemins de fer se développent et Paris change de visage sous l'impulsion du baron Haussmann. Ces changements, ainsi que les diverses spéculations qui les accompagnent, favorisent la montée en puissance de la bourgeoisie.

De nombreux artistes peinent à se reconnaître dans cette société qu'ils jugent matérialiste et frivole. Ainsi, Flaubert s'attaque à la bêtise et à la médiocrité bourgeoises, tandis que Daumier multiplie les caricatures assassines.

La France en guerre

En 1870, la guerre franco-prussienne s'engage dans des conditions très défavorables pour la France, qui souffre d'une armée mal préparée et sous-équipée. Les défaites s'accumulent, l'armée capitule à Sedan. C'est dans ce contexte chaotique que la IIIe République est proclamée, le 4 septembre 1870.

Le petit peuple accepte mal cette défaite. La Commune de Paris (mars-mai 1871), concentre cette révolte en un mouvement d'insurrection socialiste et anarchiste étroitement lié à l'appauvrissement de la classe ouvrière. La répression est sanglante : 25 000 à 30 000 morts, autant de prisonniers, et près de 5 000 déportés. Pour Flaubert, la Commune représente « la dernière manifestation du Moyen Âge ».

Le retour à l'ordre moral

Contre les tentatives de restauration monarchique et les résurgences révolutionnaires, le républicain Thiers s'efforce de consolider le régime, mais il est bientôt remplacé par le maréchal Mac-Mahon, partisan d'un ordre plus rigoureux encore. De son côté, Flaubert a très mal vécu cette succession de bouleversements, ainsi que le retour à « l'ordre moral » qui caractérise les années 1870. C'est dans ce contexte négatif qu'il rédige pourtant *Un cœur simple*, en 1876.

Flaubert se dit « dégoûté de tout ».

Une écriture entre lyrisme et réalisme

L'histoire littéraire classe souvent Flaubert parmi les écrivains réalistes. L'écrivain, pourtant, n'a eu de cesse de répéter qu'il n'était pas, et ne serait jamais *réaliste* : « Et notez que j'exècre ce qu'on est convenu d'appeler le réalisme, bien qu'on m'en fasse un des pontifes », écrit-il à George Sand pendant la rédaction d'*Un cœur simple*. Plus généralement, le romancier a toujours refusé l'appartenance à une quelconque école : « Je m'abîme le tempérament à tâcher de n'avoir pas d'école ! *A priori*, je les repousse, toutes. » Sa sensibilité et son évolution littéraires peuvent malgré tout être rattachées aux grands courants qui ont marqué son époque.

> « J'exècre ce qu'on est convenu d'appeler le réalisme. »

Une jeunesse romantique

Le jeune Flaubert voue une admiration sans bornes à Victor Hugo, poète emblématique de la génération romantique. En 1843, après l'avoir rencontré, Flaubert écrit à sa sœur : « J'ai pris plaisir à le contempler de près. Je l'ai regardé avec étonnement comme une cassette dans laquelle il y aurait des millions et des diamants royaux. » Cette admiration est durable : lorsque Hugo est exilé à Guernesey, après le coup d'État de Napoléon III, c'est Flaubert qui se charge de l'acheminement clandestin de son courrier. Et en 1862, l'écrivain va jusqu'à retarder la publication de *Salammbô*, pour ne pas se trouver en concurrence avec *Les Misérables* : « Il y a des gens devant lesquels on doit s'incliner et leur dire : "Après vous, monsieur." Victor Hugo est de ceux-là. »

	1821 : Naissance de Gustave Flaubert		1838 : *Mémoires d'un fou*	1846 : Rencontre avec Louise Colet	1849 : Voyage en Orient	
RESTAURATION (Louis XVIII, Charles X)		**1830**	**MONARCHIE DE JUILLET** (Louis-Philippe)	**1848**	**IIe RÉPUBLIQUE**	**1851**
			1834 : Balzac, *Le Père Goriot*			1851 : Coup d'État de Louis Napoléon Bonaparte
		1830 : Révolution de Juillet. Stendhal, *Le Rouge et le Noir*				

contextes

Flaubert s'est également enthousiasmé, dans sa jeunesse, pour d'autres figures du romantisme, comme Chateaubriand ou Michelet. Ses premières œuvres (*Smarh* ou les *Mémoires d'un fou*) portent ainsi l'empreinte d'un lyrisme exacerbé, qu'il ne reniera pas totalement par la suite. Ainsi le romancier avoue-t-il une véritable fêlure existentielle et artistique : « Il y a en moi, littérairement parlant, deux bonshommes distincts : un qui est épris de gueulades, de lyrisme, de grands vols d'aigles, de toutes les sonorités de la phrase et des sommets de l'idée ; un autre qui creuse et fouille le vrai tant qu'il peut. »

« Le dessus et le dessous des choses »

Cet autre qui « creuse et fouille le vrai » jusqu'à n'en plus pouvoir, c'est bien sûr l'auteur de *Madame Bovary*, et plus tard celui d'*Un cœur simple*. Pour assurer la vraisemblance et la cohérence de son récit, ce lecteur passionné de Balzac fait du réel le territoire d'une observation aussi rigoureuse que minutieuse. Il n'a de cesse également de se documenter sur les sujets qu'il aborde dans ses œuvres : il lui faut « montrer la nature telle qu'elle est, [...] peindre le dessus et le dessous des choses ».

« Il y a en moi, littérairement parlant, deux bonshommes distincts. »

Pour écrire *Un cœur simple*, Flaubert s'est ainsi précisément renseigné sur l'organisation des processions religieuses ainsi que sur la vie des perroquets, conservant sur sa table de travail le fameux volatile, surnommé « Amazone » (voir p. 41), qui lui servit de modèle.

1857 : *Madame Bovary*. Procès	1862 : *Salammbô*	1869 : *L'Éducation sentimentale*	1874 : *La Tentation de saint Antoine*	1877 : *Trois Contes*	1880 : Mort de Flaubert
SECOND EMPIRE (Napoléon III)			**1870**	**IIIᵉ RÉPUBLIQUE**	
1857 : Baudelaire, *Les Fleurs du mal*		1863 : Manet, *Olympia*	1871 : La Commune / 1870 : Guerre franco-prussienne		1880 : Maupassant, *Boule de suif*

contextes

Pour autant, la transparence et l'objectivité ne sont pas les valeurs ultimes du romancier, qui ne peut se reconnaître ni dans le réalisme ni dans le naturalisme.

C'est que, pour l'auteur de *Trois contes*, l'écriture, et à travers elle la quête de la beauté, demeure première : « Je regarde comme très secondaire le détail technique, le renseignement local, enfin le côté historique des choses. Je recherche par-dessus tout la *beauté*, dont mes compagnons sont médiocrement en quête », écrit Flaubert en décembre 1875.

> *« Je recherche par-dessus tout la beauté. »*

« Un livre sur rien » ?

Son amour de la beauté conduit cet auteur pour qui « *bien écrire* est tout » à sacraliser le style.

Dès *Madame Bovary*, Flaubert rêve ainsi d'« un livre sur rien, sans attache extérieure, qui se tiendrait de lui-même par la force interne de son style ». Ce dernier, loin de se résumer à un travail de composition sur la phrase, comprend une réflexion plus vaste sur la manière de percevoir et de penser le monde, notamment grâce au jeu sur les points de vue de la narration, particulièrement abouti dans les *Trois contes*. Loin d'être un simple jeu virtuose, le style est ainsi pour Flaubert « une manière absolue de voir les choses ».

D'où un travail harassant, inlassablement repris, comme en témoignent les brouillons surchargés de ses œuvres, « travail d'amour » et souffrance tout à la fois, dont *Un cœur simple* représente un aboutissement magistral.

« *Un livre a toujours été pour moi un ami,*
un consolateur éloquent et calme. »
George Sand

Lire...
Un cœur simple

1877
Gustave Flaubert

texte intégral

La géographie d'*Un cœur simple*

Chapitre I

Pendant un demi-siècle, les bourgeoises de Pont-l'Évêque[1] envièrent à Mme Aubain sa servante Félicité.

Pour cent francs par an, elle faisait la cuisine et le ménage, cousait, lavait, repassait, savait brider[2] un cheval, engraisser les volailles, battre le beurre, et resta fidèle à sa maîtresse, – qui cependant n'était pas une personne agréable.

Elle avait épousé un beau garçon, sans fortune, mort au commencement de 1809, en lui laissant deux enfants très jeunes avec une quantité de dettes. Alors elle vendit ses immeubles[3], sauf la ferme de Toucques et la ferme de Geffosses, dont les rentes[4] montaient à 5 000 francs tout au plus, et elle quitta sa maison de Saint-Melaine[5] pour en habiter une autre moins dispendieuse, ayant appartenu à ses ancêtres et placée derrière les halles.

Cette maison, revêtue d'ardoises, se trouvait entre un passage et une ruelle aboutissant à la rivière. Elle avait intérieurement des différences de niveau qui faisaient trébucher. Un vestibule étroit séparait la cuisine de la *salle*[6] où Mme Aubain se tenait tout le long du jour, assise près de la croisée[7] dans un fauteuil de paille. Contre le lambris[8], peint en blanc, s'alignaient huit chaises d'acajou. Un vieux piano supportait, sous un baromètre, un tas pyramidal de boîtes et de cartons. Deux bergères[9] de tapisserie flanquaient la cheminée en marbre jaune et de style Louis XV. La pendule, au milieu, représentait un temple de Vesta[10], – et tout l'appartement sentait un peu le moisi, car le plancher était plus bas que le jardin.

Au premier étage, il y avait d'abord la chambre de « Madame », très grande, tendue d'un papier à fleurs pâles, et

1. Sous-préfecture de Normandie.
2. Mettre la bride.
3. Biens qui ne peuvent être déplacés.
4. Revenus réguliers.
5. Faubourg de Pont-l'Évêque.
6. Pièce principale du rez-de-chaussée.
7. Fenêtre.
8. Revêtement de bois qui recouvre le mur.
9. Fauteuils de salon, larges et profonds.
10. Déesse romaine du feu et du foyer.

Un cœur simple

Les muscadins

Sous la Révolution et le Directoire, on appelait *muscadins* les jeunes royalistes à l'élégance excentrique. Ils doivent ce surnom au musc, parfum d'origine animale, à l'odeur pénétrante, qu'ils n'hésitaient pas à porter. ■

---

1. Famille d'artistes français (XVIIe et XVIIIe siècle). Gérard Audran est célèbre pour avoir gravé les grands tableaux de l'époque classique.
2. Grand chapelet de prières, fait de grains enfilés sur une cordelette.
3. Environ 6 kg.
4. Étoffe de coton, peinte ou imprimée.
5. Vêtement court à manches, porté sous la robe ou la chemise.
6. Partie du tablier qui couvre la poitrine.

---

contenant le portrait de « Monsieur » en costume de muscadin. Elle communiquait avec une chambre plus petite, où l'on voyait deux couchettes d'enfants, sans matelas. Puis venait le salon, toujours fermé, et rempli de meubles recouverts d'un drap. Ensuite un corridor menait à un cabinet d'études ; des livres et des paperasses garnissaient les rayons d'une bibliothèque entourant de ses trois côtés un large bureau de bois noir. Les deux panneaux en retour disparaissaient sous des dessins à la plume, des paysages à la gouache et des gravures d'Audran[1], souvenirs d'un temps meilleur et d'un luxe évanoui. Une lucarne au second étage éclairait la chambre de Félicité, ayant vue sur les prairies.

Elle se levait dès l'aube, pour ne pas manquer la messe, et travaillait jusqu'au soir sans interruption ; puis, le dîner étant fini, la vaisselle en ordre et la porte bien close, elle enfouissait la bûche sous les cendres et s'endormait devant l'âtre, son rosaire[2] à la main. Personne, dans les marchandages, ne montrait plus d'entêtement. Quant à la propreté, le poli de ses casseroles faisait le désespoir des autres servantes. Économe, elle mangeait avec lenteur, et recueillait du doigt sur la table les miettes de son pain, – un pain de douze livres[3], cuit exprès pour elle, et qui durait vingt jours.

En toute saison elle portait un mouchoir d'indienne[4] fixé dans le dos par une épingle, un bonnet lui cachant les cheveux, des bas gris, un jupon rouge, et par-dessus sa camisole[5] un tablier à bavette[6], comme les infirmières d'hôpital.

Son visage était maigre et sa voix aiguë. À vingt-cinq ans, on lui en donnait quarante. Dès la cinquantaine, elle ne marqua plus aucun âge ; – et, toujours silencieuse, la taille droite et les gestes mesurés, semblait une femme en bois, fonctionnant d'une manière automatique.

II

ELLE AVAIT EU, COMME UNE AUTRE, SON HISTOIRE D'AMOUR.

Son père, un maçon, s'était tué en tombant d'un échafaudage. Puis sa mère mourut, ses sœurs se dispersèrent, un fermier la recueillit, et l'employa toute petite à garder les vaches dans la campagne. Elle grelottait sous des haillons, buvait à plat ventre l'eau des mares, à propos de rien était battue, et finalement fut chassée pour un vol de trente sols[1], qu'elle n'avait pas commis. Elle entra dans une autre ferme, y devint fille de basse-cour, et, comme elle plaisait aux patrons, ses camarades la jalousaient.

Un soir du mois d'août (elle avait alors dix-huit ans), ils l'entraînèrent à l'assemblée[2] de Colleville[3]. Tout de suite elle fut étourdie, stupéfaite par le tapage des ménétriers[4], les lumières dans les arbres, la bigarrure[5] des costumes, les dentelles, les croix d'or, cette masse de monde sautant à la fois. Elle se tenait à l'écart modestement, quand un jeune homme d'apparence cossue, et qui fumait sa pipe, les deux coudes sur le timon[6] d'un banneau[7], vint l'inviter à la danse. Il lui paya du cidre, du café, de la galette, un foulard, et, s'imaginant qu'elle le devinait[8], offrit de la reconduire. Au bord d'un champ d'avoine, il la renversa brutalement. Elle eut peur et se mit à crier. Il s'éloigna.

Un autre soir, sur la route de Beaumont[9], elle voulut dépasser un grand chariot de foin qui avançait lentement, et en frôlant les roues elle reconnut Théodore.

Il l'aborda d'un air tranquille, disant qu'il fallait tout pardonner, puisque c'était « la faute de la boisson ».

Elle ne sut que répondre et avait envie de s'enfuir.

Aussitôt il parla des récoltes et des notables de la commune, car son père avait abandonné Colleville pour la ferme des Écots,

1. Somme ridicule (environ 0,20 €).
2. Fête de village.
3. Nom inventé par Flaubert.
4. Violonistes qui font danser lors des fêtes populaires.
5. Mélange de couleurs vives.
6. Pièce de bois servant à atteler des animaux.
7. Petit chariot.
8. Qu'elle devinait ses intentions.
9. Localité située à 6 km de Pont-l'Évêque.

de sorte que maintenant ils se trouvaient voisins. « Ah ! » dit-elle. Il ajouta qu'on désirait l'établir[1]. Du reste, il n'était pas pressé, et attendrait une femme à son goût. Elle baissa la tête. Alors il lui demanda si elle pensait au mariage. Elle reprit, en souriant, que c'était mal de se moquer. « Mais non, je vous jure ! » et du bras gauche il lui entoura la taille ; ils se ralentirent. Le vent était mou, les étoiles brillaient, l'énorme charretée de foin oscillait devant eux ; et les quatre chevaux, en traînant leurs pas, soulevaient de la poussière. Puis, sans commandement, ils tournèrent à droite. Il l'embrassa encore une fois. Elle disparut dans l'ombre.

Théodore, la semaine suivante, en obtint des rendez-vous.

Ils se rencontraient au fond des cours, derrière un mur, sous un arbre isolé. Elle n'était pas innocente à la manière des demoiselles, – les animaux l'avaient instruite ; – mais la raison et l'instinct de l'honneur l'empêchèrent de faillir[2]. Cette résistance exaspéra l'amour de Théodore, si bien que pour le satisfaire (ou naïvement peut-être) il proposa de l'épouser. Elle hésitait à le croire. Il fit de grands serments.

Bientôt il avoua quelque chose de fâcheux : ses parents, l'année dernière, lui avaient acheté un homme ; mais d'un jour à l'autre on pourrait le reprendre ; l'idée de servir[3] l'effrayait. Cette couardise fut pour Félicité une preuve de tendresse ; la sienne en redoubla. Elle s'échappait la nuit, et, parvenue au rendez-vous, Théodore la torturait avec ses inquiétudes et ses instances[4].

Enfin, il annonça qu'il irait lui-même à la Préfecture prendre des informations, et les apporterait dimanche prochain, entre onze heures et minuit.

Le moment arrivé, elle courut vers l'amoureux.

À sa place, elle trouva un de ses amis.

Il lui apprit qu'elle ne devait plus le revoir. Pour se garantir de la conscription[5], Théodore avait épousé une vieille femme très riche, Mme Lehoussais, de Toucques.

Le service militaire au XIXe siècle

À l'époque d'*Un cœur simple*, les jeunes gens de vingt à vingt-cinq ans étaient astreints au service militaire (la conscription) par tirage au sort. Les garçons de famille aisée pouvaient se faire dispenser en payant quelqu'un pour les remplacer. Cette pratique resta courante jusqu'en 1905. ■

---

1. Le marier.
2. Céder aux avances de Théodore.
3. Faire son service militaire.
4. Demandes pressantes.
5. Pour être sûr de ne jamais effectuer son service militaire.

Ce fut un chagrin désordonné. Elle se jeta par terre, poussa des cris, appela le bon Dieu, et gémit toute seule dans la campagne jusqu'au soleil levant. Puis elle revint à la ferme, déclara son intention d'en partir ; et, au bout du mois, ayant reçu ses comptes, elle enferma tout son petit bagage dans un mouchoir, et se rendit à Pont-l'Évêque.

Devant l'auberge, elle questionna une bourgeoise en capeline[6] de veuve, et qui précisément cherchait une cuisinière. La jeune fille ne savait pas grand'chose, mais paraissait avoir tant de bonne volonté et si peu d'exigences, que Mme Aubain finit par dire :

– Soit, je vous accepte !

Félicité, un quart d'heure après, était installée chez elle.

D'abord elle y vécut dans une sorte de tremblement que lui causaient « le genre de la maison » et le souvenir de « Monsieur », planant sur tout ! Paul et Virginie, l'un âgé de sept ans, l'autre de quatre à peine, lui semblaient formés d'une matière précieuse ; elle les portait sur son dos comme un cheval, et Mme Aubain lui défendit de les baiser à chaque minute, ce qui la mortifia[7]. Cependant elle se trouvait heureuse. La douceur du milieu avait fondu sa tristesse.

Tous les jeudis, des habitués venaient faire une partie de boston[8]. Félicité préparait d'avance les cartes et les chaufferettes[9]. Ils arrivaient à huit heures bien juste, et se retiraient avant le coup de onze.

Chaque lundi matin, le brocanteur qui logeait sous l'allée étalait par terre ses ferrailles. Puis la ville se remplissait d'un bourdonnement de voix, où se mêlaient des hennissements de chevaux, des bêlements d'agneaux, des grognements de cochons, avec le bruit sec des carrioles dans la rue. Vers midi, au plus fort du marché, on voyait paraître sur le seuil un vieux paysan de haute taille, la casquette en arrière, le nez

Chapitre II

Paul et Virginie

Les enfants de Mme Aubain portent les prénoms des héros du roman de Bernardin de Saint-Pierre, *Paul et Virginie* (1788), qui connut un immense succès au début du XIXe siècle. Le roman raconte l'histoire d'amour de deux enfants élevés loin de la société comme des frère et sœur à l'île Maurice. Cette œuvre illustre les idées de Jean-Jacques Rousseau sur l'importance de vivre suivant la nature et la vertu : les jeunes gens ignorent le mal car ils ont grandi loin de la corruption sociale. ■

6. Chapeau de femme à larges bords.
7. La blessa.
8. Jeu de cartes qui se joue à quatre.
9. Boîtes métalliques contenant des braises.

crochu, et qui était Robelin, le fermier de Geffosses. Peu de temps après, – c'était Liébard, le fermier de Toucques, petit, rouge, obèse, portant une veste grise et des houseaux[1] armés d'éperons.

Tous deux offraient à leur propriétaire des poules ou des fromages. Félicité invariablement déjouait leurs astuces ; et ils s'en allaient pleins de considération pour elle.

À des époques indéterminées, Mme Aubain recevait la visite du marquis de Gremanville, un de ses oncles, ruiné par la crapule[2] et qui vivait à Falaise[3] sur le dernier lopin de ses terres. Il se présentait toujours à l'heure du déjeuner, avec un affreux caniche dont les pattes salissaient tous les meubles. Malgré ses efforts pour paraître gentilhomme[4] jusqu'à soulever son chapeau chaque fois qu'il disait : « Feu mon père », l'habitude l'entraînant, il se versait à boire coup sur coup, et lâchait des gaillardises[5]. Félicité le poussait dehors poliment : « Vous en avez assez, monsieur de Gremanville ! À une autre fois ! » Et elle refermait la porte.

Elle l'ouvrait avec plaisir devant M. Bourais, ancien avoué[6]. Sa cravate blanche et sa calvitie, le jabot[7] de sa chemise, son ample redingote brune, sa façon de priser[8] en arrondissant le bras, tout son individu lui produisait ce trouble où nous jette le spectacle des hommes extraordinaires.

Comme il gérait les propriétés de « Madame », il s'enfermait avec elle pendant des heures dans le cabinet de « Monsieur », et craignait toujours de se compromettre, respectait infiniment la magistrature, avait des prétentions au latin[9].

Pour instruire les enfants d'une manière agréable, il leur fit cadeau d'une géographie en estampes[10]. Elles représentaient différentes scènes du monde, des anthropophages coiffés de plumes, un singe enlevant une demoiselle, des Bédouins dans le désert, une baleine qu'on harponnait, etc.

---

1. Sortes de jambières.
2. Ivrognerie, débauche.
3. Ville du Calvados, près de Caen.
4. Homme de naissance noble.
5. Plaisanteries grivoises.
6. Homme de loi.
7. Ornement de dentelle ou de mousseline placé sur le devant d'une chemise.
8. Aspirer du tabac par le nez.
9. Se flattait de parler latin.
10. Livre de géographie orné de gravures.

Paul donna l'explication de ces gravures à Félicité. Ce fut même toute son éducation littéraire.

Celle des enfants était faite par Guyot, un pauvre diable employé à la Mairie, fameux pour sa belle main[11], et qui repassait[12] son canif sur sa botte.

Quand le temps était clair, on s'en allait de bonne heure à la ferme de Geffosses.

La cour est en pente, la maison dans le milieu ; et la mer, au loin, apparaît comme une tache grise.

Félicité retirait de son cabas des tranches de viande froide, et on déjeunait dans un appartement faisant suite à la laiterie. Il était le seul reste d'une habitation de plaisance[13], maintenant disparue. Le papier de la muraille en lambeaux tremblait aux courants d'air. Mme Aubain penchait son front, accablée de souvenirs ; les enfants n'osaient plus parler. « Mais jouez donc ! » disait-elle ; ils décampaient.

Paul montait dans la grange, attrapait des oiseaux, faisait des ricochets sur la mare, ou tapait avec un bâton les grosses futailles[14] qui résonnaient comme des tambours.

Virginie donnait à manger aux lapins, se précipitait pour cueillir des bluets[15], et la rapidité de ses jambes découvrait ses petits pantalons[16] brodés.

Un soir d'automne, on s'en retourna par les herbages[17].

La lune à son premier quartier éclairait une partie du ciel, et un brouillard flottait comme une écharpe sur les sinuosités de la Toucques[18]. Des bœufs, étendus au milieu du gazon, regardaient tranquillement ces quatre personnes passer. Dans la troisième pâture[19] quelques-uns se levèrent, puis se mirent en rond devant elles. « Ne craignez rien ! » dit Félicité ; et, murmurant une sorte de complainte, elle flatta sur l'échine celui qui se trouvait le plus près ; il fit volte-face, les autres l'imitèrent. Mais, quand l'herbage suivant fut

| Chapitre II |

11. Sa belle écriture.
12. Aiguisait.
13. De vacances.
14. Tonneaux.
15. Ou bleuets, fleurs des champs bleues.
16. Longues culottes à volants que les demoiselles portaient sous leurs robes.
17. Prairies à l'herbe abondante, où l'on met le bétail à l'engraissement.
18. Petit fleuve de Normandie.
19. Pré où paissent les bêtes, fermé de clôtures.

traversé, un beuglement formidable s'éleva. C'était un taureau, que cachait le brouillard. Il avança vers les deux femmes. Mme Aubain allait courir. « Non ! non ! moins vite ! » Elles pressaient le pas cependant, et entendaient par-derrière un souffle sonore qui se rapprochait. Ses sabots, comme des marteaux, battaient l'herbe de la prairie ; voilà qu'il galopait maintenant ! Félicité se retourna, et elle arrachait à deux mains des plaques de terre qu'elle lui jetait dans les yeux. Il baissait le mufle, secouait les cornes et tremblait de fureur en beuglant horriblement. Mme Aubain, au bout de l'herbage avec ses deux petits, cherchait éperdue comment franchir le haut bord. Félicité reculait toujours devant le taureau, et continuellement lançait des mottes de gazon qui l'aveuglaient, tandis qu'elle criait : « Dépêchez-vous ! dépêchez-vous ! »

Mme Aubain descendit le fossé, poussa Virginie, Paul ensuite, tomba plusieurs fois en tâchant de gravir le talus, et à force de courage y parvint.

Le taureau avait acculé Félicité contre une claire-voie[1] ; sa bave lui rejaillissait à la figure, une seconde de plus il l'éventrait. Elle eut le temps de se couler entre deux barreaux, et la grosse bête, toute surprise, s'arrêta.

Cet événement, pendant bien des années, fut un sujet de conversation à Pont-l'Évêque. Félicité n'en tira aucun orgueil, ne se doutant même pas qu'elle eût rien fait d'héroïque.

Virginie l'occupait exclusivement ; – car elle eut, à la suite de son effroi, une affection nerveuse, et M. Poupart, le docteur, conseilla les bains de mer de Trouville[2].

Dans ce temps-là, ils n'étaient pas fréquentés. Mme Aubain prit des renseignements, consulta Bourais, fit des préparatifs comme pour un long voyage.

1. Barrière faite de lattes de bois espacées.
2. À l'époque, petit port de pêche.

Chapitre II

Ses colis partirent la veille, dans la charrette de Liébard. Le lendemain, il amena deux chevaux dont l'un avait une selle de femme, munie d'un dossier de velours ; et sur la croupe du second un manteau roulé formait une manière de siège. Mme Aubain y monta, derrière lui. Félicité se chargea de Virginie, et Paul enfourcha l'âne de M. Lechaptois, prêté sous la condition d'en avoir grand soin.

La route était si mauvaise que ses huit kilomètres exigèrent deux heures. Les chevaux enfonçaient jusqu'aux paturons[3] dans la boue, et faisaient pour en sortir de brusques mouvements des hanches ; ou bien ils butaient contre les ornières[4] ; d'autres fois, il leur fallait sauter. La jument de Liébard, à de certains endroits, s'arrêtait tout à coup. Il attendait patiemment qu'elle se remît en marche ; et il parlait des personnes dont les propriétés bordaient la route, ajoutant à leur histoire des réflexions morales. Ainsi, au milieu de Toucques, comme on passait sous des fenêtres entourées de capucines, il dit, avec un haussement d'épaules : « En voilà une, Mme Lehoussais, qui au lieu de prendre un jeune homme... » Félicité n'entendit pas le reste ; les chevaux trottaient, l'âne galopait ; tous enfilèrent un sentier, une barrière tourna, deux garçons[5] parurent, et l'on descendit devant le purin[6], sur le seuil même de la porte.

La mère Liébard, en apercevant sa maîtresse, prodigua les démonstrations de joie. Elle lui servit un déjeuner où il y avait un aloyau[7], des tripes, du boudin, une fricassée de poulet, du cidre mousseux, une tarte aux compotes et des prunes à l'eau-de-vie, accompagnant le tout de politesses à Madame qui paraissait en meilleure santé, à Mademoiselle devenue « magnifique », à M. Paul singulièrement « forci[8] », sans oublier leurs grands-parents défunts que les Liébard avaient connus, étant au service de la famille depuis plusieurs

3. Parties inférieures des membres d'un cheval.
4. Traces creusées dans le sol par les roues des voitures.
5. Domestiques de la ferme.
6. Devant la fosse à purin.
7. Pièce de bœuf.
8. Fortifié, grandi.

générations. La ferme avait, comme eux, un caractère d'ancienneté. Les poutrelles du plafond étaient vermoulues, les murailles noires de fumée, les carreaux gris de poussière. Un dressoir[1] en chêne supportait toutes sortes d'ustensiles, des brocs[2], des assiettes, des écuelles d'étain, des pièges à loup, des forces[3] pour les moutons ; une seringue énorme[4] fit rire les enfants. Pas un arbre des trois cours qui n'eût des champignons à sa base, ou dans ses rameaux une touffe de gui[5]. Le vent en avait jeté bas plusieurs. Ils avaient repris par le milieu ; et tous fléchissaient sous la quantité de leurs pommes. Les toits de paille, pareils à du velours brun et inégaux d'épaisseur, résistaient aux plus fortes bourrasques. Cependant la charretterie[6] tombait en ruine. Mme Aubain dit qu'elle aviserait, et commanda de reharnacher les bêtes.

On fut encore une demi-heure avant d'atteindre Trouville. La petite caravane mit pied à terre pour passer les *Écores* ; c'était une falaise surplombant des bateaux ; et trois minutes plus tard, au bout du quai, on entra dans la cour de *l'Agneau d'or*, chez la mère David.

Virginie, dès les premiers jours, se sentit moins faible, résultat du changement d'air et de l'action des bains. Elle les prenait en chemise, à défaut d'un costume ; et sa bonne la rhabillait dans une cabane de douanier qui servait aux baigneurs.

L'après-midi, on s'en allait avec l'âne au-delà des Roches-Noires, du côté d'Hennequeville[7]. Le sentier, d'abord, montait entre des terrains vallonnés comme la pelouse d'un parc, puis arrivait sur un plateau où alternaient des pâturages et des champs en labour. À la lisière du chemin, dans le fouillis des ronces, des houx se dressaient ; çà et là, un grand arbre mort faisait sur l'air bleu des zigzags avec ses branches.

Presque toujours on se reposait dans un pré, ayant Deauville à gauche, Le Havre à droite et en face la pleine

1. Buffet à étagères.
2. Grandes carafes.
3. Grands ciseaux pour couper la laine des moutons.
4. Servant à administrer des lavements aux animaux.
5. Parasite, signe que l'arbre est en train de mourir.
6. Abri pour les charrettes.
7. Petite localité à l'est de Trouville.

Chapitre II

mer. Elle était brillante de soleil, lisse comme un miroir, tellement douce qu'on entendait à peine son murmure ; des moineaux cachés pépiaient et la voûte immense du ciel recouvrait tout cela. Mme Aubain, assise, travaillait à son ouvrage de couture ; Virginie près d'elle tressait des joncs ; Félicité sarclait[8] des fleurs de lavande ; Paul, qui s'ennuyait, voulait partir.

D'autres fois, ayant passé la Toucques en bateau, ils cherchaient des coquilles[9]. La marée basse laissait à découvert des oursins, des godefiches[10], des méduses ; et les enfants couraient, pour saisir des flocons d'écume que le vent emportait. Les flots endormis, en tombant sur le sable, se déroulaient le long de la grève[11] ; elle s'étendait à perte de vue, mais du côté de la terre avait pour limite les dunes la séparant du *Marais*, large prairie en forme d'hippodrome. Quand ils revenaient par là, Trouville, au fond sur la pente du coteau, à chaque pas grandissait, et avec toutes ses maisons inégales semblait s'épanouir dans un désordre gai.

Les jours qu'il faisait trop chaud, ils ne sortaient pas de leur chambre. L'éblouissante clarté du dehors plaquait des barres de lumière entre les lames des jalousies[12]. Aucun bruit dans le village. En bas, sur le trottoir, personne. Ce silence épandu[13] augmentait la tranquillité des choses. Au loin, les marteaux des calfats[14] tamponnaient des carènes[15], et une brise lourde apportait la senteur du goudron.

Le principal divertissement était le retour des barques. Dès qu'elles avaient dépassé les balises, elles commençaient à louvoyer[16]. Leurs voiles descendaient aux deux tiers des mâts ; et, la misaine[17] gonflée comme un ballon, elles avançaient, glissaient dans le clapotement des vagues, jusqu'au milieu du port, où l'ancre tout à coup tombait. Ensuite le bateau se plaçait contre le quai. Les matelots jetaient

8. Enlevait les mauvaises herbes.
9. Coquillages.
10. Coquilles Saint-Jacques (de l'anglais *God fish*).
11. Plage.
12. Stores de bois formés de planchettes assemblées parallèlement.
13. Qui s'étendait.
14. Ouvriers qui bouchent les fentes de la coque des bateaux, pour la rendre étanche.
15. Parties immergées de la coque des bateaux.
16. Naviguer en zigzaguant contre le vent.
17. Voile du petit mât avant du navire.

par-dessus le bordage des poissons palpitants ; une file de charrettes les attendait, et des femmes en bonnet de coton s'élançaient pour prendre les corbeilles et embrasser leurs hommes.

Une d'elles, un jour, aborda Félicité, qui peu de temps après entra dans la chambre, toute joyeuse. Elle avait retrouvé une sœur ; et Nastasie Barette, femme Leroux, apparut, tenant un nourrisson à sa poitrine, de la main droite un autre enfant, et à sa gauche un petit mousse les poings sur les hanches et le béret sur l'oreille.

Au bout d'un quart d'heure, Mme Aubain la congédia.

On les rencontrait toujours aux abords de la cuisine, ou dans les promenades que l'on faisait. Le mari ne se montrait pas.

Félicité se prit d'affection pour eux. Elle leur acheta une couverture, des chemises, un fourneau ; évidemment ils l'exploitaient. Cette faiblesse agaçait Mme Aubain, qui d'ailleurs n'aimait pas les familiarités du neveu, – car il tutoyait son fils ; – et, comme Virginie toussait et que la saison n'était plus bonne, elle revint à Pont-l'Évêque.

M. Bourais l'éclaira sur le choix d'un collège. Celui de Caen passait pour le meilleur. Paul y fut envoyé, et fit bravement ses adieux, satisfait d'aller vivre dans une maison où il aurait des camarades.

Mme Aubain se résigna à l'éloignement de son fils, parce qu'il était indispensable. Virginie y songea de moins en moins. Félicité regrettait son tapage. Mais une occupation vint la distraire ; à partir de Noël, elle mena tous les jours la petite fille au catéchisme.

III

QUAND ELLE AVAIT FAIT À LA PORTE UNE GÉNUFLEXION, elle s'avançait sous la haute nef, entre la double ligne des chaises, ouvrait le banc de Mme Aubain[1], s'asseyait, et promenait ses yeux autour d'elle.

Les garçons à droite, les filles à gauche, emplissaient les stalles[2] du chœur ; le curé se tenait debout près du lutrin[3] ; sur un vitrail de l'abside, le Saint-Esprit dominait la Vierge ; un autre le montrait à genoux devant l'Enfant-Jésus, et, derrière le tabernacle[4], un groupe en bois représentait saint Michel terrassant le dragon.

Le prêtre fit d'abord un abrégé de l'Histoire sainte. Elle croyait voir le paradis, le déluge, la tour de Babel, des villes tout en flammes[5], des peuples qui mouraient, des idoles renversées[6] ; et elle garda de cet éblouissement le respect du Très-Haut et la crainte de sa colère. Puis, elle pleura en écoutant la Passion. Pourquoi l'avaient-ils crucifié, lui qui chérissait les enfants, nourrissait les foules, guérissait les aveugles, et avait voulu, par douceur, naître au milieu des pauvres, sur le fumier d'une étable ? Les semailles, les moissons, les pressoirs, toutes ces choses familières dont parle l'Évangile, se trouvaient dans sa vie ; le passage de Dieu les avait sanctifiées ; et elle aima plus tendrement les agneaux par amour de l'Agneau[7], les colombes à cause du Saint-Esprit.

Elle avait peine à imaginer sa personne ; car il n'était pas seulement oiseau, mais encore un feu, et d'autres fois un souffle[8]. C'est peut-être sa lumière qui voltige la nuit aux bords des marécages, son haleine qui pousse les nuées, sa voix qui rend les cloches harmonieuses ; et elle demeurait dans une adoration, jouissant de la fraîcheur des murs et de la tranquillité de l'église.

Chapitre III

Les références bibliques

La leçon du prêtre est un résumé (très abrégé !) de l'histoire sainte, destiné à frapper l'imagination des fidèles. On y retrouve les célèbres épisodes de la tour de Babel, bâtie pour se rapprocher des cieux, et de la Passion, récit des souffrances et de la mort du Christ. Enfin, le texte souligne la fascination de Félicité pour le Saint-Esprit, représenté sous la forme d'une colombe. ■

1. Le banc réservé à Mme Aubain.
2. Sièges sur les côtés du chœur.
3. Pupitre sur lequel sont posés les livres de chants religieux.
4. Petite armoire contenant les hosties.
5. Allusion à Sodome et Gomorrhe, villes punies par Dieu.
6. Statues païennes.
7. Symbole du Christ.
8. Le Saint-Esprit est aussi appelé « souffle de Dieu ».

Un cœur simple

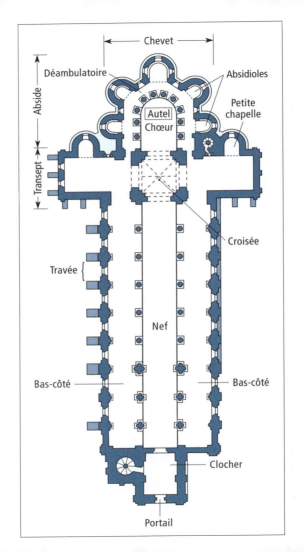

Plan au sol d'une église.

Quant aux dogmes[1], elle n'y comprenait rien, ne tâcha même pas de comprendre. Le curé discourait, les enfants récitaient, elle finissait par s'endormir ; et se réveillait tout à coup, quand ils faisaient en s'en allant claquer leurs sabots sur les dalles.

Ce fut de cette manière, à force de l'entendre, qu'elle apprit le catéchisme, son éducation religieuse ayant été négligée dans sa jeunesse ; et dès lors elle imita toutes les pratiques de Virginie, jeûnait comme elle, se confessait avec elle. À la Fête-Dieu, elles firent ensemble un reposoir[2].

La première communion la tourmentait d'avance. Elle s'agita pour les souliers, pour le chapelet, pour le livre[3], pour les gants. Avec quel tremblement elle aida sa mère à l'habiller !

Pendant toute la messe, elle éprouva une angoisse. M. Bourais lui cachait un côté du chœur ; mais juste en face, le troupeau des vierges portant des couronnes blanches par-dessus leurs voiles abaissés formait comme un champ de neige ; et elle reconnaissait de loin la chère petite à son cou plus mignon et son attitude recueillie. La cloche tinta. Les têtes se courbèrent ; il y eut un silence. Aux éclats de l'orgue, les chantres[4] et la foule entonnèrent l'*Agnus Dei*[5] ; puis le défilé des garçons commença ; et, après eux, les filles se levèrent. Pas à pas, et les mains jointes, elles allaient vers l'autel tout illuminé, s'agenouillaient sur la première marche, recevaient l'hostie successivement, et dans le même ordre revenaient à leurs prie-Dieu. Quand ce fut le tour de Virginie, Félicité se pencha pour la voir ; et, avec l'imagination que donnent les vraies tendresses, il lui sembla qu'elle était elle-même cette enfant ; sa figure devenait la sienne, sa robe l'habillait, son cœur lui battait dans la poitrine ; au moment d'ouvrir la bouche, en fermant les paupières, elle manqua s'évanouir.

Chapitre III

La Fête-Dieu

La Fête-Dieu, dite aussi « du Saint-Sacrement », est une fête religieuse qui a lieu quinze jours après la Pentecôte. Elle célèbre la présence du corps du Christ dans l'hostie consacrée. L'emblème, placé dans un ostensoir (pièce d'orfèvrerie), est offert à la vénération des fidèles. ■

1. Croyances de l'Église considérées comme indiscutables.
2. Autel provisoire, dressé en plein air et décoré par les paroissiens, destiné à recevoir le Saint-Sacrement.
3. Le missel, recueil des messes de l'année, que l'on offrait ce jour-là au communiant.
4. Chanteurs.
5. Chant sacré en latin.

La communion

Au cours de cette cérémonie religieuse, les fidèles reçoivent l'hostie, mince rondelle de pain azyme qui symbolise le corps du Christ et commémore son sacrifice. Lors de sa première communion, l'enfant communie en faisant profession solennelle de la foi catholique. ■

1. Lieu où sont rangés les vêtements du prêtre et les objets du culte.
2. Religieuses de l'ordre de sainte Ursule, chargées de l'éducation des jeunes filles.
3. Voiture légère, munie d'un toit mais ouverte sur les côtés.
4. Toit de la voiture.

Le lendemain, de bonne heure, elle se présenta dans la sacristie[1], pour que M. le curé lui donnât la communion. Elle la reçut dévotement, mais n'y goûta pas les mêmes délices.

Mme Aubain voulait faire de sa fille une personne accomplie ; et, comme Guyot ne pouvait lui montrer ni l'anglais ni la musique, elle résolut de la mettre en pension chez les Ursulines[2] d'Honfleur.

L'enfant n'objecta rien. Félicité soupirait, trouvant Madame insensible. Puis elle songea que sa maîtresse, peut-être, avait raison. Ces choses dépassaient sa compétence.

Enfin, un jour, une vieille tapissière[3] s'arrêta devant la porte ; et il en descendit une religieuse qui venait chercher Mademoiselle. Félicité monta les bagages sur l'impériale[4], fit des recommandations au cocher, et plaça dans le coffre six pots de confiture et une douzaine de poires, avec un bouquet de violettes.

Virginie, au dernier moment, fut prise d'un grand sanglot ; elle embrassait sa mère qui la baisait au front en répétant : « Allons ! du courage ! du courage ! » Le marchepied se releva, la voiture partit.

Alors Mme Aubain eut une défaillance ; et le soir tous ses amis, le ménage Lormeau, Mme Lechaptois, *ces* demoiselles Rochefeuille, M. de Houppeville et Bourais se présentèrent pour la consoler.

La privation de sa fille lui fut d'abord très douloureuse. Mais trois fois la semaine elle en recevait une lettre, les autres jours lui écrivait, se promenait dans son jardin, lisait un peu et de cette façon comblait le vide des heures.

Le matin, par habitude, Félicité entrait dans la chambre de Virginie, et regardait les murailles. Elle s'ennuyait de n'avoir plus à peigner ses cheveux, à lui lacer ses bottines, à la border dans son lit, – et de ne plus voir continuellement sa gentille figure, de ne plus la tenir par la main quand elles sortaient ensemble. Dans son désœuvrement, elle essaya de faire de la dentelle. Ses doigts trop lourds cassaient les fils ; elle n'entendait à rien[5], avait perdu le sommeil, suivant son mot, était « minée ».

Pour « se dissiper[6] », elle demanda la permission de recevoir son neveu Victor.

Il arrivait le dimanche après la messe, les joues roses, la poitrine nue[7], et sentant l'odeur de la campagne qu'il avait traversée. Tout de suite, elle dressait son couvert. Ils déjeunaient l'un en face de l'autre ; et, mangeant elle-même le moins possible pour épargner la dépense, elle le bourrait tellement de nourriture qu'il finissait par s'endormir. Au premier coup des vêpres[8], elle le réveillait, brossait son pantalon, nouait sa cravate, et se rendait à l'église, appuyée sur son bras dans un orgueil maternel.

Ses parents le chargeaient toujours d'en tirer quelque chose, soit un paquet de cassonade[9], du savon, de l'eau-de-vie, parfois même de l'argent. Il apportait ses nippes[10] à raccommoder ; et elle acceptait cette besogne, heureuse d'une occasion qui le forçait à revenir.

Au mois d'août, son père l'emmena au cabotage[11].

C'était l'époque des vacances. L'arrivée des enfants la consola. Mais Paul devenait capricieux, et Virginie n'avait plus l'âge d'être tutoyée, ce qui mettait une gêne, une barrière entre elles.

Victor alla successivement à Morlaix, à Dunkerque et à Brighton[12] ; au retour de chaque voyage, il lui offrit un cadeau. La première fois, ce fut une boîte en coquilles ; la seconde, une tasse à café ; la troisième, un grand bonhomme en pain d'épices. Il embellissait, avait la taille bien prise, un peu de moustache, de bons yeux francs, et un petit chapeau

Chapitre III

5. Elle ne s'intéressait à rien.
6. Se distraire.
7. Le col de la chemise ouvert.
8. Office de la fin de l'après-midi.
9. Sucre roux.
10. Vêtements usagés.
11. Navigation marchande, près des côtes.
12. Trois ports, situés respectivement en Bretagne, en Flandre et dans le sud de l'Angleterre.

de cuir, placé en arrière comme un pilote¹. Il l'amusait en lui racontant des histoires mêlées de termes marins.

Un lundi, 14 juillet 1819 (elle n'oublia pas la date), Victor annonça qu'il était engagé au long cours², et, dans la nuit du surlendemain, par le paquebot de Honfleur, irait rejoindre sa goélette³, qui devait démarrer du Havre prochainement. Il serait, peut-être, deux ans parti.

La perspective d'une telle absence désola Félicité ; et pour lui dire encore adieu, le mercredi soir, après le dîner de Madame, elle chaussa des galoches⁴, et avala les quatre lieues⁵ qui séparent Pont-l'Évêque de Honfleur.

Quand elle fut devant le Calvaire⁶, au lieu de prendre à gauche, elle prit à droite, se perdit dans des chantiers, revint sur ses pas ; des gens qu'elle accosta l'engagèrent à se hâter. Elle fit le tour du bassin rempli de navires, se heurtait contre des amarres ; puis le terrain s'abaissa, des lumières s'entre-croisèrent, et elle se crut folle, en apercevant des chevaux dans le ciel.

Au bord du quai, d'autres hennissaient, effrayés par la mer. Un palan⁷ qui les enlevait les descendait dans un bateau, où des voyageurs se bousculaient entre les barriques de cidre, les paniers de fromage, les sacs de grain ; on entendait chanter des poules, le capitaine jurait ; et un mousse restait accoudé sur le bossoir⁸, indifférent à tout cela. Félicité, qui ne l'avait pas reconnu, criait : « Victor ! » Il leva la tête ; elle s'élançait, quand on retira l'échelle tout à coup.

Le paquebot, que des femmes halaient⁹ en chantant, sortit du port. Sa membrure¹⁰ craquait, les vagues pesantes fouettaient sa proue. La voile avait tourné, on ne vit plus personne ; – et, sur la mer argentée par la lune, il faisait une tache noire qui pâlissait toujours, s'enfonça, disparut.

Félicité, en passant près du Calvaire, voulut recommander à Dieu ce qu'elle chérissait le plus ; et elle pria pendant

---

1. Marin spécialisé dans les manœuvres de port.
2. Longue traversée.
3. Navire à deux mâts.
4. Sabots à semelle de bois.
5. Environ 16 km.
6. Grande croix commémorant la Passion du Christ.
7. Appareil de levage à poulies.
8. Pièce située à l'avant du navire, qui sert à porter l'ancre.
9. Tiraient avec des cordages.
10. Charpente.

longtemps, debout, la face baignée de pleurs, les yeux vers les nuages. La ville dormait, des douaniers se promenaient ; et de l'eau tombait sans discontinuer par les trous de l'écluse, avec un bruit de torrent. Deux heures sonnèrent.

Le parloir[11] n'ouvrirait pas avant le jour. Un retard, bien sûr, contrarierait Madame ; et, malgré son désir d'embrasser l'autre enfant[12], elle s'en retourna. Les filles de l'auberge s'éveillaient, comme elle entrait dans Pont-l'Évêque.

Le pauvre gamin durant des mois allait donc rouler sur les flots ! Ses précédents voyages ne l'avaient pas effrayée. De l'Angleterre et de la Bretagne, on revenait ; mais l'Amérique, les Colonies, les Îles, cela était perdu dans une région incertaine, à l'autre bout du monde.

Dès lors, Félicité pensa exclusivement à son neveu. Les jours de soleil, elle se tourmentait de la soif ; quand il faisait de l'orage, craignait pour lui la foudre. En écoutant le vent qui grondait dans la cheminée et emportait les ardoises, elle le voyait battu par cette même tempête, au sommet d'un mât fracassé, tout le corps en arrière, sous une nappe d'écume ; ou bien, – souvenirs de la géographie en estampes, – il était mangé par les sauvages, pris dans un bois par des singes, se mourait le long d'une plage déserte. Et jamais elle ne parlait de ses inquiétudes.

Mme Aubain en avait d'autres sur sa fille.

Les bonnes sœurs trouvaient qu'elle était affectueuse, mais délicate. La moindre émotion l'énervait[13]. Il fallut abandonner le piano.

Sa mère exigeait du couvent une correspondance réglée[14]. Un matin que le facteur n'était pas venu, elle s'impatienta ; et elle marchait dans la salle, de son fauteuil à la fenêtre. C'était vraiment extraordinaire ! depuis quatre jours, pas de nouvelles !

Chapitre III

11. Lieu du couvent pour recevoir les visiteurs.
12. Il s'agit de Virginie.
13. La privait de toute énergie.
14. Régulière.

Pour qu'elle se consolât par son exemple, Félicité lui dit :
– Moi, Madame, voilà six mois que je n'en ai reçu !…
– De qui donc ?
La servante répliqua doucement :
– Mais… de mon neveu !
– Ah ! votre neveu !

Et, haussant les épaules, Mme Aubain reprit sa promenade, ce qui voulait dire : « Je n'y pensais pas !… Au surplus, je m'en moque ! un mousse, un gueux[1], belle affaire !… tandis que ma fille… Songez donc !… »

Félicité, bien que nourrie[2] dans la rudesse, fut indignée contre Madame, puis oublia.

Il lui paraissait tout simple de perdre la tête à l'occasion de[3] la petite.

Les deux enfants avaient une importance égale ; un lien de son cœur les unissait, et leur destinée devait être la même.

Le pharmacien lui apprit que le bateau de Victor était arrivé à La Havane[4]. Il avait lu ce renseignement dans une gazette.

À cause des cigares, elle imaginait La Havane un pays où l'on ne fait pas autre chose que de fumer, et Victor circulait parmi les nègres[5] dans un nuage de tabac. Pouvait-on « en cas de besoin » s'en retourner par terre ? À quelle distance était-ce de Pont-l'Évêque ? Pour le savoir, elle interrogea M. Bourais.

Il atteignit son atlas, puis commença des explications sur les longitudes ; et il avait un beau sourire de cuistre[6] devant l'ahurissement de Félicité. Enfin, avec son porte-crayon, il indiqua dans les découpures d'une tache ovale un point noir, imperceptible, en ajoutant : « Voici. » Elle se pencha sur la carte ; ce réseau de lignes coloriées fatiguait sa vue, sans lui rien apprendre ; et Bourais l'invitant à dire ce qui l'embar-

1. Un miséreux.
2. Élevée.
3. Au sujet de.
4. Capitale de l'île de Cuba.
5. Le terme, à cette époque, n'a rien de péjoratif.
6. Pédant, prétentieux.

rassait, elle le pria de lui montrer la maison où demeurait Victor. Bourais leva les bras, il éternua, rit énormément ; une candeur[7] pareille excitait sa joie ; et Félicité n'en comprenait pas le motif, elle qui s'attendait peut-être à voir jusqu'au portrait de son neveu, tant son intelligence était bornée !

Ce fut quinze jours après que Liébard, à l'heure du marché comme d'habitude, entra dans la cuisine, et lui remit une lettre qu'envoyait son beau-frère. Ne sachant lire aucun des deux, elle eut recours à sa maîtresse.

Mme Aubain, qui comptait les mailles d'un tricot, le posa près d'elle, décacheta la lettre, tressaillit, et, d'une voix basse, avec un regard profond :

– C'est un malheur… qu'on vous annonce. Votre neveu…

Il était mort. On n'en disait pas davantage.

Félicité tomba sur une chaise, en s'appuyant la tête à la cloison, et ferma ses paupières, qui devinrent roses tout à coup. Puis, le front baissé, les mains pendantes, l'œil fixe, elle répétait par intervalles :

– Pauvre petit gars ! pauvre petit gars !

Liébard la considérait en exhalant des soupirs. Mme Aubain tremblait un peu.

Elle lui proposa d'aller voir sa sœur, à Trouville.

Félicité répondit, par un geste, qu'elle n'en avait pas besoin.

Il y eut un silence. Le bonhomme[8] Liébard jugea convenable de se retirer.

Alors elle dit :

– Ça ne leur fait rien, à eux !

Sa tête retomba ; et machinalement elle soulevait, de temps à autre, les longues aiguilles sur la table à ouvrage.

Des femmes passèrent dans la cour avec un bard[9] d'où dégouttelait du linge.

Chapitre III

7. Naïveté, ignorance.
8. Fermier, paysan.
9. Sorte de brancard servant au transport des fardeaux.

En les apercevant par les carreaux, elle se rappela sa lessive ; l'ayant coulée[1] la veille, il fallait aujourd'hui la rincer ; et elle sortit de l'appartement.

Sa planche[2] et son tonneau[3] étaient au bord de la Toucques. Elle jeta sur la berge un tas de chemises, retroussa ses manches, prit son battoir ; et les coups forts qu'elle donnait s'entendaient dans les autres jardins à côté. Les prairies étaient vides, le vent agitait la rivière ; au fond, de grandes herbes s'y penchaient, comme des chevelures de cadavres flottant dans l'eau. Elle retenait sa douleur, jusqu'au soir fut très brave ; mais, dans sa chambre, elle s'y abandonna, à plat ventre sur son matelas, le visage dans l'oreiller, et les deux poings contre les tempes.

Beaucoup plus tard, par le capitaine de Victor lui-même, elle connut les circonstances de sa fin. On l'avait trop saigné[4] à l'hôpital, pour la fièvre jaune[5]. Quatre médecins le tenaient à la fois. Il était mort immédiatement, et le chef avait dit :

– Bon ! encore un !

Ses parents l'avaient toujours traité avec barbarie. Elle aima mieux ne pas les revoir ; et ils ne firent aucune avance, par oubli, ou endurcissement de misérables.

Virginie s'affaiblissait.

Des oppressions, de la toux, une fièvre continuelle et des marbrures aux pommettes décelaient quelque affection profonde. M. Poupart avait conseillé un séjour en Provence. Mme Aubain s'y décida, et eût tout de suite repris sa fille à la maison, sans le climat de Pont-l'Évêque.

Elle fit un arrangement avec un loueur de voitures, qui la menait au couvent chaque mardi. Il y a dans le jardin une terrasse d'où l'on découvre la Seine. Virginie s'y promenait à son bras, sur les feuilles de pampre[6] tombées. Quelquefois le soleil traversant les nuages la forçait à cligner ses paupières,

---

1. L'ayant fait tremper dans une eau chaude et savonneuse.
2. La planche, trempant dans l'eau de la rivière, sert à battre le linge.
3. Demi-tonneau servant aux femmes à s'agenouiller au bord de l'eau.
4. Pratique courante au XIXe siècle, qui consistait à faire couler du sang pour combattre la fièvre.
5. Maladie des tropiques.
6. Vigne.

pendant qu'elle regardait les voiles au loin et tout l'horizon, depuis le château de Tancarville jusqu'aux phares du Havre. Ensuite on se reposait sous la tonnelle. Sa mère s'était procuré un petit fût d'excellent vin de Malaga[7] ; et, riant à l'idée d'être grise, elle en buvait deux doigts, pas davantage.

Ses forces reparurent. L'automne s'écoula doucement. Félicité rassurait Mme Aubain. Mais, un soir qu'elle avait été aux environs faire une course, elle rencontra devant la porte le cabriolet[8] de M. Poupart ; et il était dans le vestibule. Mme Aubain nouait son chapeau.

– Donnez-moi ma chaufferette, ma bourse, mes gants ; plus vite donc !

Virginie avait une fluxion de poitrine[9] ; c'était peut-être désespéré.

– Pas encore ! dit le médecin ; et tous deux montèrent dans la voiture, sous des flocons de neige qui tourbillonnaient. La nuit allait venir. Il faisait très froid.

Félicité se précipita dans l'église, pour allumer un cierge. Puis elle courut après le cabriolet, qu'elle rejoignit une heure plus tard, sauta légèrement par derrière, où elle se tenait aux torsades[10], quand une réflexion lui vint : « La cour n'était pas fermée ! si des voleurs s'introduisaient ? » Et elle descendit.

Le lendemain, dès l'aube, elle se présenta chez le docteur. Il était rentré, et reparti à la campagne. Puis elle resta dans l'auberge, croyant que des inconnus apporteraient une lettre. Enfin, au petit jour, elle prit la diligence de Lisieux[11].

Le couvent se trouvait au fond d'une ruelle escarpée. Vers le milieu, elle entendit des sons étranges, un glas[12] de mort. « C'est pour d'autres », pensa-t-elle ; et Félicité tira violemment le marteau[13].

Au bout de plusieurs minutes, des savates se traînèrent, la porte s'entre-bâilla, et une religieuse parut.

Chapitre III

7. Vin doux, considéré comme reconstituant.
8. Voiture légère à deux roues et à capote amovible.
9. Pneumonie.
10. Sangles qui attachent la capote à la voiture.
11. La diligence venant de Lisieux, qui va jusqu'à Honfleur.
12. Son de cloches annonçant un décès.
13. Heurtoir de la porte.

La bonne sœur avec un air de componction[1] dit qu'« elle venait de passer[2] ». En même temps, le glas de Saint-Léonard redoublait.

Félicité parvint au second étage.

Dès le seuil de la chambre, elle aperçut Virginie étalée sur le dos, les mains jointes, la bouche ouverte, et la tête en arrière sous une croix noire s'inclinant vers elle, entre les rideaux immobiles, moins pâles que sa figure. Mme Aubain, au pied de la couche qu'elle tenait dans ses bras, poussait des hoquets d'agonie. La supérieure était debout, à droite. Trois chandeliers sur la commode faisaient des taches rouges, et le brouillard blanchissait les fenêtres. Des religieuses emportèrent Mme Aubain.

Pendant deux nuits, Félicité ne quitta pas la morte. Elle répétait les mêmes prières, jetait de l'eau bénite sur les draps, revenait s'asseoir, et la contemplait. À la fin de la première veille, elle remarqua que la figure avait jauni, les lèvres bleuirent, le nez se pinçait, les yeux s'enfonçaient. Elle les baisa plusieurs fois, et n'eût pas éprouvé un immense étonnement si Virginie les eût rouverts ; pour de pareilles âmes le surnaturel est tout simple. Elle fit sa toilette, l'enveloppa de son linceul[3], la descendit dans sa bière[4], lui posa une couronne, étala ses cheveux. Ils étaient blonds, et extraordinaires de longueur à son âge. Félicité en coupa une grosse mèche, dont elle glissa la moitié dans sa poitrine, résolue à ne jamais s'en dessaisir.

Le corps fut ramené à Pont-l'Évêque, suivant les intentions de Mme Aubain, qui suivait le corbillard, dans une voiture fermée.

Après la messe, il fallut encore trois quarts d'heure pour atteindre le cimetière. Paul marchait en tête et sanglotait. M. Bourais était derrière, ensuite les principaux habitants, les femmes, couvertes de mantes[5] noires, et Félicité. Elle

---

1. Attitude affectée de regret et de recueillement.
2. Trépasser, mourir.
3. Drap dans lequel on enterre les morts.
4. Cercueil.
5. Grandes capes.

songeait à son neveu, et n'ayant pu lui rendre ces honneurs, avait un surcroît de tristesse, comme si on l'eût enterré avec l'autre.

Le désespoir de Mme Aubain fut illimité.

D'abord elle se révolta contre Dieu, le trouvant injuste de lui avoir pris sa fille – elle qui n'avait jamais fait de mal, et dont la conscience était si pure ! Mais non ! elle aurait dû l'emporter dans le Midi. D'autres docteurs l'auraient sauvée ! Elle s'accusait, voulait la rejoindre, criait en détresse au milieu de ses rêves. Un, surtout, l'obsédait. Son mari, costumé comme un matelot, revenait d'un long voyage, et lui disait en pleurant qu'il avait reçu l'ordre d'emmener Virginie. Alors ils se concertaient pour découvrir une cachette quelque part.

Une fois, elle rentra du jardin, bouleversée. Tout à l'heure (elle montrait l'endroit) le père et la fille lui étaient apparus l'un auprès de l'autre, et ils ne faisaient rien ; ils la regardaient.

Pendant plusieurs mois, elle resta dans sa chambre, inerte. Félicité la sermonnait doucement ; il fallait se conserver pour son fils, et pour l'autre, en souvenir « d'elle ».

« Elle ? » reprenait Mme Aubain, comme se réveillant. « Ah ! oui !… oui !… Vous ne l'oubliez pas ! » Allusion au cimetière, qu'on lui avait scrupuleusement défendu.

Félicité tous les jours s'y rendait.

À quatre heures précises, elle passait au bord des maisons, montait la côte, ouvrait la barrière, et arrivait devant la tombe de Virginie. C'était une petite colonne de marbre rose, avec une dalle dans le bas, et des chaînes autour enfermant un jardinet. Les plates-bandes disparaissaient sous une couverture de fleurs. Elle arrosait leurs feuilles, renouvelait le sable, se mettait à genoux pour mieux labourer la terre. Mme Aubain, quand elle put y venir, en éprouva un soulagement, une espèce de consolation.

| Chapitre III

> **La Révolution de Juillet**
>
> Les journées révolutionnaires des 27, 28 et 29 juillet 1830 (les « Trois Glorieuses ») mirent fin au règne de Charles X et amorcèrent le règne de Louis-Philippe, appelé monarchie de Juillet (voir Contextes, p. 6-7). ■

Puis des années s'écoulèrent, toutes pareilles et sans autres épisodes que le retour des grandes fêtes : Pâques, l'Assomption, la Toussaint. Des événements intérieurs[1] faisaient une date, où l'on se reportait plus tard. Ainsi, en 1825, deux vitriers badigeonnèrent le vestibule ; en 1827, une portion du toit, tombant dans la cour, faillit tuer un homme. L'été de 1828, ce fut à Madame d'offrir le pain bénit ; Bourais, vers cette époque, s'absenta mystérieusement ; et les anciennes connaissances peu à peu s'en allèrent : Guyot, Liébard, Mme Lechaptois, Robelin, l'oncle Gremanville, paralysé depuis longtemps.

Une nuit, le conducteur de la malle-poste[2] annonça dans Pont-l'Évêque la Révolution de Juillet. Un sous-préfet nouveau, peu de jours après, fut nommé : le baron de Larsonnière, ex-consul en Amérique, et qui avait chez lui, outre sa femme, sa belle-sœur avec trois demoiselles[3], assez grandes déjà. On les apercevait sur leur gazon, habillées de blouses flottantes ; elles possédaient un nègre et un perroquet. Mme Aubain eut leur visite, et ne manqua pas de la rendre. Du plus loin qu'elles paraissaient, Félicité accourait pour la prévenir. Mais une chose était seule capable de l'émouvoir, les lettres de son fils.

Il ne pouvait suivre aucune carrière, étant absorbé dans les estaminets[4]. Elle lui payait ses dettes ; il en refaisait d'autres ; et les soupirs que poussait Mme Aubain, en tricotant près de la fenêtre, arrivaient à Félicité, qui tournait son rouet[5] dans la cuisine.

Elles se promenaient ensemble le long de l'espalier[6], et causaient toujours de Virginie, se demandant si telle chose lui aurait plu, en telle occasion ce qu'elle eût dit probablement.

Toutes ses petites affaires occupaient un placard dans la chambre à deux lits. Mme Aubain les inspectait le moins

1. Liés à la vie de la maison.
2. Voiture chargée du transport du courrier.
3. Ses trois filles.
4. Cabarets, cafés.
5. Machine à filer le lin ou la laine.
6. Palissade le long de laquelle poussent des arbres fruitiers.

souvent possible. Un jour d'été, elle se résigna ; et des papillons s'envolèrent de l'armoire.

Ses robes étaient en ligne sous une planche où il y avait trois poupées, des cerceaux, un ménage[7], la cuvette qui lui servait. Elles retirèrent également les jupons, les bas, les mouchoirs, et les étendirent sur les deux couches, avant de les replier. Le soleil éclairait ces pauvres objets, en faisait voir les taches, et des plis formés par les mouvements du corps. L'air était chaud et bleu, un merle gazouillait, tout semblait vivre dans une douceur profonde. Elles retrouvèrent un petit chapeau de peluche, à longs poils, couleur marron ; mais il était tout mangé de vermine. Félicité le réclama pour elle-même. Leurs yeux se fixèrent l'une sur l'autre, s'emplirent de larmes ; enfin la maîtresse ouvrit ses bras, la servante s'y jeta ; et elles s'étreignirent, satisfaisant leur douleur dans un baiser qui les égalisait.

C'était la première fois de leur vie, Mme Aubain n'étant pas d'une nature expansive. Félicité lui en fut reconnaissante comme d'un bienfait, et désormais la chérit avec un dévouement bestial et une vénération religieuse.

La bonté de son cœur se développa.

Quand elle entendait dans la rue les tambours d'un régiment en marche, elle se mettait devant la porte avec une cruche de cidre, et offrait à boire aux soldats. Elle soigna des cholériques[8]. Elle protégeait les Polonais ; et même il y en eut un qui déclarait la vouloir épouser. Mais ils se fâchèrent ; car un matin, en rentrant de l'angélus[9], elle le trouva dans sa cuisine, où il s'était introduit, et accommodé une vinaigrette[10] qu'il mangeait tranquillement.

Après les Polonais, ce fut le père Colmiche, un vieillard passant pour avoir fait des horreurs en 93[11]. Il vivait au bord de la rivière, dans les décombres d'une porcherie. Les

Chapitre III

Les Polonais

Après la Révolution de Juillet 1830, les aspirations nationales se répandent en Europe. Les Polonais se révoltent contre la Russie en novembre 1830. Mais cette insurrection est écrasée par l'armée russe. De nombreux Polonais se réfugient alors en France, et notamment en Normandie, dans les fermes, où ils louent leurs bras. ■

7. Ustensiles de ménage en miniature.
8. Personnes atteintes du choléra (maladie mortelle), dont une épidémie fit des ravages en France en 1832.
9. Courte prière en l'honneur de la Vierge Marie.
10. Préparé un morceau de viande à la sauce vinaigrette.
11. En 1793, durant la Terreur.

gamins le regardaient par les fentes du mur, et lui jetaient des cailloux qui tombaient sur son grabat[1], où il gisait, continuellement secoué par un catarrhe[2], avec des cheveux très longs, les paupières enflammées, et au bras une tumeur plus grosse que sa tête. Elle lui procura du linge, tâcha de nettoyer son bouge[3], rêvait à l'établir dans le fournil[4], sans qu'il gênât Madame. Quand le cancer[5] eut crevé, elle le pansa tous les jours, quelquefois lui apportait de la galette, le plaçait au soleil sur une botte de paille ; et le pauvre vieux, en bavant et en tremblant, la remerciait de sa voix éteinte, craignait de la perdre, allongeait les mains dès qu'il la voyait s'éloigner. Il mourut ; elle fit dire une messe pour le repos de son âme.

Ce jour-là, il lui advint un grand bonheur : au moment du dîner, le nègre de Mme de Larsonnière se présenta, tenant le perroquet dans sa cage, avec le bâton, la chaîne et le cadenas. Un billet de la baronne annonçait à Mme Aubain que, son mari étant élevé à une préfecture, ils partaient le soir ; et elle la priait d'accepter cet oiseau, comme un souvenir, et en témoignage de ses respects.

Il occupait depuis longtemps l'imagination de Félicité, car il venait d'Amérique, et ce mot lui rappelait Victor, si bien qu'elle s'en informait auprès du nègre. Une fois même elle avait dit : « C'est Madame qui serait heureuse de l'avoir ! »

Le nègre avait redit le propos à sa maîtresse, qui, ne pouvant l'emmener, s'en débarrassait de cette façon.

---

1. Mauvais lit.
2. Inflammation des muqueuses respiratoires qui provoque une toux persistante.
3. Logement obscur, misérable.
4. Le loger dans la pièce où l'on fait cuire le pain.
5. Gonflement, abcès.

Le perroquet « Amazone » de Flaubert.

Chapitre IV

Le perroquet Amazone

Au moment où il rédige *Un cœur simple*, Flaubert emprunte au Muséum de Rouen un perroquet empaillé, qu'il conserve sur son bureau durant toute la rédaction du conte. « Je le garde pour m'emplir la cervelle de l'idée perroquet », écrit-il alors. L'écrivain s'est également documenté sur l'oiseau auprès des ornithologues. ■

1. Pharmacien.
2. Pichenette, petit coup donné du bout du doigt.

IV

Il s'appelait Loulou. Son corps était vert, le bout de ses ailes rose, son front bleu, et sa gorge dorée.

Mais il avait la fatigante manie de mordre son bâton, s'arrachait les plumes, éparpillait ses ordures, répandait l'eau de sa baignoire ; Mme Aubain, qu'il ennuyait, le donna pour toujours à Félicité.

Elle entreprit de l'instruire ; bientôt il répéta : « Charmant garçon ! Serviteur, Monsieur ! Je vous salue, Marie ! » Il était placé auprès de la porte, et plusieurs s'étonnaient qu'il ne répondît pas au nom de Jacquot, puisque tous les perroquets s'appellent Jacquot. On le comparait à une dinde, à une bûche : autant de coups de poignard pour Félicité ! Étrange obstination de Loulou, ne parlant plus du moment qu'on le regardait !

Néanmoins il recherchait la compagnie ; car le dimanche, pendant que *ces* demoiselles Rochefeuille, M. de Houppeville et de nouveaux habitués : Onfroy l'apothicaire[1], M. Varin et le capitaine Mathieu, faisaient leur partie de cartes, il cognait les vitres avec ses ailes, et se démenait si furieusement qu'il était impossible de s'entendre.

La figure de Bourais, sans doute, lui paraissait très drôle. Dès qu'il l'apercevait, il commençait à rire, à rire de toutes ses forces. Les éclats de sa voix bondissaient dans la cour, l'écho les répétait, les voisins se mettaient à leurs fenêtres, riaient aussi ; et, pour n'être pas vu du perroquet, M. Bourais se coulait le long du mur, en dissimulant son profil avec son chapeau, atteignait la rivière, puis entrait par la porte du jardin ; et les regards qu'il envoyait à l'oiseau manquaient de tendresse.

Loulou avait reçu du garçon boucher une chiquenaude[2], s'étant permis d'enfoncer la tête dans sa corbeille ; et depuis lors il tâchait toujours de le pincer à travers sa chemise. Fabu menaçait de lui tordre le cou, bien qu'il ne fût pas cruel, malgré le tatouage de ses bras et ses gros favoris[3]. Au contraire ! il avait plutôt du penchant pour le perroquet, jusqu'à vouloir, par humeur joviale, lui apprendre des jurons. Félicité, que ces manières effrayaient, le plaça dans la cuisine. Sa chaînette fut retirée, et il circulait par la maison.

Quand il descendait l'escalier, il appuyait sur les marches la courbe de son bec, levait la patte droite, puis la gauche ; et elle avait peur qu'une telle gymnastique ne lui causât des étourdissements. Il devint malade, ne pouvait plus parler ni manger. C'était sous sa langue une épaisseur, comme en ont les poules quelquefois. Elle le guérit en arrachant cette pellicule avec ses ongles[4]. M. Paul, un jour, eut l'imprudence de lui souffler aux narines la fumée d'un cigare ; une autre fois que Mme Lormeau l'agaçait du bout de son ombrelle, il en happa la virole[5] ; enfin, il se perdit.

Elle l'avait posé sur l'herbe pour le rafraîchir, s'absenta une minute ; et, quand elle revint, plus de perroquet ! D'abord elle le chercha dans les buissons, au bord de l'eau et sur les toits, sans écouter sa maîtresse qui lui criait : « Prenez donc garde ! vous êtes folle ! » Ensuite elle inspecta tous les jardins de Pont-l'Évêque ; et elle arrêtait les passants : « Vous n'auriez pas vu, quelquefois, par hasard, mon perroquet ? » À ceux qui ne connaissaient pas le perroquet, elle en faisait la description. Tout à coup, elle crut distinguer derrière les moulins, au bas de la côte, une chose verte qui voltigeait. Mais au haut de la côte, rien ! Un porte-balle[6] lui affirma qu'il l'avait rencontré tout à l'heure, à Saint-Melaine, dans la boutique de la mère Simon. Elle y courut. On ne savait pas ce qu'elle voulait dire. Enfin elle rentra, épuisée, les savates en lambeaux, la mort dans l'âme ; et, assise au milieu du banc,

Chapitre IV

3. Touffes de barbe sur les joues, de chaque côté du visage.
4. Le perroquet souffre d'une affection fréquente chez les poules, la pépie, qu'on guérit en arrachant la pellicule qui s'est formée sous la langue de l'animal.
5. Petit anneau de métal sur le manche.
6. Colporteur, marchand ambulant.

près de Madame, elle racontait toutes ses démarches, quand un poids léger lui tomba sur l'épaule, Loulou ! Que diable avait-il fait ? Peut-être qu'il s'était promené aux environs !

Elle eut du mal à s'en remettre, ou plutôt ne s'en remit jamais.

Par suite d'un refroidissement, il lui vint une angine ; peu de temps après, un mal d'oreilles. Trois ans plus tard, elle était sourde ; et elle parlait très haut, même à l'église. Bien que ses péchés auraient pu sans déshonneur pour elle, ni inconvénient pour le monde, se répandre à tous les coins du diocèse[1], M. le curé jugea convenable de ne plus recevoir sa confession que dans la sacristie.

Des bourdonnements illusoires achevaient de la troubler. Souvent sa maîtresse lui disait : « Mon Dieu ! comme vous êtes bête ! » elle répliquait : « Oui, Madame », en cherchant quelque chose autour d'elle.

Le petit cercle de ses idées se rétrécit encore, et le carillon des cloches, le mugissement des bœufs, n'existaient plus. Tous les êtres fonctionnaient avec le silence des fantômes. Un seul bruit arrivait maintenant à ses oreilles, la voix du perroquet.

Comme pour la distraire, il reproduisait le tic tac du tournebroche, l'appel aigu d'un vendeur de poisson, la scie du menuisier qui logeait en face ; et, aux coups de la sonnette, imitait Mme Aubain : « Félicité ! la porte ! la porte ! »

Ils avaient des dialogues, lui, débitant à satiété[2] les trois phrases de son répertoire, et elle, y répondant par des mots sans plus de suite, mais où son cœur s'épanchait. Loulou, dans son isolement, était presque un fils, un amoureux. Il escaladait ses doigts, mordillait ses lèvres, se cramponnait à son fichu ; et, comme elle penchait son front en branlant la tête à la manière des nourrices, les grandes ailes du bonnet[3] et les ailes de l'oiseau frémissaient ensemble.

1. Territoire placé sous l'autorité d'un évêque.
2. Sans arrêt.
3. La coiffe de Félicité, ornée de volants.

Chapitre IV

Quand des nuages s'amoncelaient et que le tonnerre grondait, il poussait des cris, se rappelant peut-être les ondées de ses forêts natales. Le ruissellement de l'eau excitait son délire ; il voletait éperdu, montait au plafond, renversait tout, et par la fenêtre allait barboter dans le jardin ; mais revenait vite sur un des chenets[4], et, sautillant pour sécher ses plumes, montrait tantôt sa queue tantôt son bec.

Un matin du terrible hiver de 1837, qu'elle l'avait mis devant la cheminée, à cause du froid, elle le trouva mort, au milieu de sa cage, la tête en bas, et les ongles dans les fils de fer. Une congestion l'avait tué, sans doute ? Elle crut à un empoisonnement par le persil ; et, malgré l'absence de toutes preuves, ses soupçons portèrent sur Fabu.

Elle pleura tellement que sa maîtresse lui dit : « Eh bien ! faites-le empailler ! »

Elle demanda conseil au pharmacien, qui avait toujours été bon pour le perroquet.

Il écrivit au Havre. Un certain Fellacher se chargea de cette besogne. Mais, comme la diligence égarait parfois les colis, elle résolut de le porter elle-même jusqu'à Honfleur.

Les pommiers sans feuilles se succédaient aux bords de la route. De la glace couvrait les fossés. Des chiens aboyaient autour des fermes et les mains sous son mantelet[5], avec ses petits sabots noirs et son cabas, elle marchait prestement, sur le milieu du pavé.

Elle traversa la forêt, dépassa le Haut-Chêne, atteignit Saint-Gatien.

Derrière elle, dans un nuage de poussière et emportée par la descente, une malle-poste au grand galop se précipitait comme une trombe. En voyant cette femme qui ne se dérangeait pas, le conducteur se dressa par-dessus la capote, et le postillon[6] criait aussi, pendant que ses quatre chevaux qu'il

4. Supports de métal qui soutiennent les bûches dans la cheminée.
5. Manteau court et léger.
6. Second cocher, monté sur un des chevaux de l'attelage.

ne pouvait retenir accéléraient leur train ; les deux premiers la frôlaient ; d'une secousse de ses guides, il les jeta dans le débord[1], mais furieux releva le bras, et à pleine volée, avec son grand fouet, lui cingla du ventre au chignon un tel coup qu'elle tomba sur le dos.

Son premier geste, quand elle reprit connaissance, fut d'ouvrir son panier. Loulou n'avait rien, heureusement. Elle sentit une brûlure à la joue droite ; ses mains qu'elle y porta étaient rouges. Le sang coulait.

Elle s'assit sur un mètre de cailloux[2], se tamponna le visage avec son mouchoir, puis elle mangea une croûte de pain, mise dans son panier par précaution, et se consolait de sa blessure en regardant l'oiseau.

Arrivée au sommet d'Ecquemauville[3], elle aperçut les lumières d'Honfleur qui scintillaient dans la nuit comme une quantité d'étoiles ; la mer, plus loin, s'étalait confusément. Alors une faiblesse l'arrêta ; et la misère de son enfance, la déception du premier amour, le départ de son neveu, la mort de Virginie, comme les flots d'une marée, revinrent à la fois, et, lui montant à la gorge, l'étouffaient.

Puis elle voulut parler au capitaine du bateau ; et, sans dire ce qu'elle envoyait, lui fit des recommandations.

Fellacher garda longtemps le perroquet. Il le promettait toujours pour la semaine prochaine ; au bout de six mois, il annonça le départ d'une caisse ; et il n'en fut plus question. C'était à croire que jamais Loulou ne reviendrait. « Ils me l'auront volé ! » pensait-elle.

Enfin il arriva, – et splendide, droit sur une branche d'arbre, qui se vissait dans un socle d'acajou, une patte en l'air, la tête oblique, et mordant une noix, que l'empailleur, par amour du grandiose, avait dorée.

Elle l'enferma dans sa chambre.

1. Bas-côté.
2. Tas de cailloux placé le long de la route, pour en faciliter l'entretien.
3. Bourgade située à 3 km de Honfleur.

Chapitre IV

Cet endroit, où elle admettait peu de monde, avait l'air tout à la fois d'une chapelle et d'un bazar, tant il contenait d'objets religieux et de choses hétéroclites[4].

Une grande armoire gênait pour ouvrir la porte. En face de la fenêtre surplombant le jardin, un œil-de-bœuf[5] regardait la cour ; une table, près du lit de sangle, supportait un pot à l'eau, deux peignes, et un cube de savon bleu dans une assiette ébréchée. On voyait contre les murs : des chapelets, des médailles, plusieurs bonnes Vierges, un bénitier en noix de coco ; sur la commode, couverte d'un drap comme un autel, la boîte en coquillages que lui avait donnée Victor ; puis un arrosoir et un ballon, des cahiers d'écriture, la géographie en estampes, une paire de bottines ; et au clou du miroir, accroché par ses rubans, le petit chapeau de peluche ! Félicité poussait même ce genre de respect si loin, qu'elle conservait une des redingotes de Monsieur. Toutes les vieilleries dont ne voulait plus Mme Aubain, elle les prenait pour sa chambre. C'est ainsi qu'il y avait des fleurs artificielles au bord de la commode, et le portrait du comte d'Artois[6] dans l'enfoncement de la lucarne.

Au moyen d'une planchette, Loulou fut établi sur un corps de cheminée qui avançait dans l'appartement. Chaque matin, en s'éveillant, elle l'apercevait à la clarté de l'aube, et se rappelait alors les jours disparus, et d'insignifiantes actions jusqu'en leurs moindres détails, sans douleur, pleine de tranquillité.

Ne communiquant avec personne, elle vivait dans une torpeur de somnambule. Les processions de la Fête-Dieu la ranimaient. Elle allait quêter chez les voisines des flambeaux et des paillassons, afin d'embellir le reposoir que l'on dressait dans la rue.

À l'église, elle contemplait toujours le Saint-Esprit, et observa qu'il avait quelque chose du perroquet. Sa ressemblance lui

4. De natures très différentes.
5. Petite fenêtre ovale.
6. Régna de 1824 à 1830 sous le nom de Charles X (voir Contextes, p. 6).

parut encore plus manifeste sur une image d'Épinal[1], représentant le baptême de Notre-Seigneur[2]. Avec ses ailes de pourpre et son corps d'émeraude, c'était vraiment le portrait de Loulou.

L'ayant acheté, elle le suspendit à la place du comte d'Artois, – de sorte que, du même coup d'œil, elle les voyait ensemble. Ils s'associèrent dans sa pensée, le perroquet se trouvant sanctifié par ce rapport avec le Saint-Esprit, qui devenait plus vivant à ses yeux et intelligible. Le Père, pour s'énoncer[3], n'avait pu choisir une colombe, puisque ces bêtes-là n'ont pas de voix, mais plutôt un des ancêtres de Loulou. Et Félicité priait en regardant l'image, mais de temps à autre se tournait un peu vers l'oiseau.

Elle eut envie de se mettre dans les demoiselles de la Vierge[4]. Mme Aubain l'en dissuada.

Un événement considérable surgit : le mariage de Paul.

Après avoir été d'abord clerc de notaire, puis dans le commerce, dans la douane, dans les contributions[5], et même avoir commencé des démarches pour les eaux et forêts, à trente-six ans, tout à coup, par une inspiration du ciel, il avait découvert sa voie : l'enregistrement[6] ! et y montrait de si hautes facultés qu'un vérificateur[7] lui avait offert sa fille, en lui promettant sa protection.

Paul, devenu sérieux, l'amena chez sa mère.

Elle dénigra les usages de Pont-l'Évêque, fit la princesse, blessa Félicité. Mme Aubain, à son départ, sentit un allégement.

La semaine suivante, on apprit la mort de M. Bourais, en basse Bretagne, dans une auberge. La rumeur d'un suicide se confirma ; des doutes s'élevèrent sur sa probité. Mme Aubain étudia ses comptes, et ne tarda pas à connaître la kyrielle[8] de ses noirceurs : détournements d'arrérages[9], ventes de bois dissimulées, fausses quittances[10], etc. De plus, il avait un enfant naturel, et « des relations avec une personne de Dozulé[11] ».

---

1. Illustration populaire, naïve et colorée.
2. Jésus baptisé par Jean-Baptiste. Le Saint-Esprit est représenté sous la forme d'un oiseau.
3. Se faire connaître.
4. Association vouée au culte de la Vierge Marie.
5. Impôts.
6. Administration chargée de l'enregistrement des actes, des contrats, etc.
7. Contrôleur de l'enregistrement.
8. La longue série.
9. Versements d'une rente.
10. Documents attestant qu'une somme a été payée.
11. Bourgade près de Pont-l'Évêque.

Mme Aubain et Félicité, illustration de Louis-Émile Adam pour *Un cœur simple*, 1894.

Ces turpitudes l'affligèrent beaucoup. Au mois de mars 1853, elle fut prise d'une douleur dans la poitrine ; sa langue paraissait couverte de fumée[1] ; les sangsues[2] ne calmèrent pas l'oppression ; et le neuvième soir elle expira, ayant juste soixante-douze ans.

On la croyait moins vieille, à cause de ses cheveux bruns, dont les bandeaux[3] entouraient sa figure blême, marquée de petite vérole[4]. Peu d'amis la regrettèrent, ses façons étant d'une hauteur qui éloignait.

Félicité la pleura, comme on ne pleure pas les maîtres. Que Madame mourût avant elle, cela troublait ses idées, lui semblait contraire à l'ordre des choses, inadmissible et monstrueux.

Dix jours après (le temps d'accourir de Besançon), les héritiers survinrent. La bru fouilla les tiroirs, choisit des meubles, vendit les autres, puis ils regagnèrent l'enregistrement.

Le fauteuil de Madame, son guéridon[5], sa chaufferette, les huit chaises, étaient partis ! La place des gravures se dessinait en carrés jaunes au milieu des cloisons. Ils avaient emporté les deux couchettes, avec leurs matelas, et dans le placard on ne voyait plus rien de toutes les affaires de Virginie ! Félicité remonta les étages, ivre de tristesse.

Le lendemain il y avait sur la porte une affiche ; l'apothicaire lui cria dans l'oreille que la maison était à vendre.

Elle chancela, et fut obligée de s'asseoir.

Ce qui la désolait principalement, c'était d'abandonner sa chambre, – si commode pour le pauvre Loulou. En l'enveloppant d'un regard d'angoisse, elle implorait le Saint-Esprit, et contracta l'habitude idolâtre[6] de dire ses oraisons[7] agenouillée devant le perroquet. Quelquefois, le soleil entrant par la lucarne frappait son œil de verre, et en faisait jaillir un grand rayon lumineux qui la mettait en extase.

---

1. Symptôme caractéristique de la pneumonie aiguë.
2. Utilisées pour soulager le malade.
3. Bandes de cheveux ramenés en ovale autour du visage.
4. Forme de variole (maladie éruptive laissant des cicatrices).
5. Petite table ronde supportée par un pied central.
6. Qui adore des images, et non la divinité.
7. Prières.

Elle avait une rente de trois cent quatre-vingts francs, léguée par sa maîtresse. Le jardin lui fournissait des légumes. Quant aux habits, elle possédait de quoi se vêtir jusqu'à la fin de ses jours, et épargnait l'éclairage en se couchant dès le crépuscule.

Elle ne sortait guère, afin d'éviter la boutique du brocanteur, où s'étalaient quelques-uns des anciens meubles. Depuis son étourdissement, elle traînait une jambe ; et, ses forces diminuant, la mère Simon, ruinée dans l'épicerie, venait tous les matins fendre son bois et pomper de l'eau.

Ses yeux s'affaiblirent. Les persiennes[8] n'ouvraient plus. Bien des années se passèrent. Et la maison ne se louait pas, et ne se vendait pas.

Dans la crainte qu'on ne la renvoyât, Félicité ne demandait aucune réparation. Les lattes du toit pourrissaient ; pendant tout un hiver son traversin fut mouillé. Après Pâques, elle cracha du sang.

Alors la mère Simon eut recours à un docteur. Félicité voulut savoir ce qu'elle avait. Mais, trop sourde pour entendre, un seul mot lui parvint : « Pneumonie ». Il lui était connu, et elle répliqua doucement :

« Ah ! comme Madame », trouvant naturel de suivre sa maîtresse.

Le moment des reposoirs approchait.

Le premier était toujours au bas de la côte, le second devant la poste, le troisième vers le milieu de la rue. Il y eut des rivalités à propos de celui-là ; et les paroissiennes choisirent finalement la cour de Mme Aubain.

Les oppressions et la fièvre augmentaient. Félicité se chagrinait de ne rien faire pour le reposoir. Au moins, si elle avait pu y mettre quelque chose ! Alors elle songea au perroquet. Ce n'était pas convenable, objectèrent les voisines.

Chapitre IV

Processions et reposoirs

Durant la fête du Saint-Sacrement, l'hostie sacrée était promenée dans les rues lors d'une procession. Cet emblème était exposé à la vénération des fidèles sur des reposoirs, sorte d'autels provisoires dressés et décorés par les paroissiens. ∎

8. Volets faits de minces lamelles.

Mais le curé accorda cette permission ; elle en fut tellement heureuse qu'elle le pria d'accepter, quand elle serait morte, Loulou, sa seule richesse.

Du mardi au samedi, veille de la Fête-Dieu, elle toussa plus fréquemment. Le soir son visage était grippé[1], ses lèvres se collaient à ses gencives, des vomissements parurent ; et le lendemain, au petit jour, se sentant très bas, elle fit appeler un prêtre.

Trois bonnes femmes l'entouraient pendant l'extrême-onction[2]. Puis elle déclara qu'elle avait besoin de parler à Fabu.

Il arriva en toilette des dimanches, mal à son aise dans cette atmosphère lugubre.

– Pardonnez-moi, dit-elle avec un effort pour étendre le bras ; je croyais que c'était vous qui l'aviez tué !

Que signifiaient des potins pareils ? L'avoir soupçonné d'un meurtre ! un homme comme lui ! et il s'indignait, allait faire du tapage.

– Elle n'a plus sa tête, vous voyez bien !

Félicité de temps à autre parlait à des ombres. Les bonnes femmes s'éloignèrent. La Simonne déjeuna.

Un peu plus tard, elle prit Loulou, et, l'approchant de Félicité :

– Allons ! dites-lui adieu !

Bien qu'il ne fût pas un cadavre, les vers le dévoraient ; une de ses ailes était cassée, l'étoupe[3] lui sortait du ventre. Mais, aveugle à présent, elle le baisa au front, et le gardait contre sa joue. La Simonne le reprit, pour le mettre sur le reposoir.

1. Contracté.
2. Dernier sacrement, administré aux mourants par le prêtre.
3. Rembourrage.

V

Les herbages envoyaient l'odeur de l'été ; des mouches bourdonnaient ; le soleil faisait luire la rivière, chauffait les ardoises. La mère Simon, revenue dans la chambre, s'endormait doucement.

Des coups de cloche la réveillèrent ; on sortait des vêpres. Le délire de Félicité tomba. En songeant à la procession, elle la voyait, comme si elle l'eût suivie.

Tous les enfants des écoles, les chantres et les pompiers marchaient sur les trottoirs, tandis qu'au milieu de la rue, s'avançaient : premièrement le suisse[1] armé de sa hallebarde, le bedeau[2] avec une grande croix, l'instituteur surveillant les gamins, la religieuse inquiète de ses petites filles ; trois des plus mignonnes, frisées comme des anges, jetaient dans l'air des pétales de roses ; le diacre[3], les bras écartés, modérait la musique ; et deux encenseurs[4] se retournaient à chaque pas vers le Saint-Sacrement, que portait, sous un dais[5] de velours ponceau[6] tenu par quatre fabriciens[7], M. le curé, dans sa belle chasuble[8]. Un flot de monde se poussait derrière, entre les nappes blanches couvrant le mur des maisons ; et l'on arriva au bas de la côte.

[Une sueur froide mouillait les tempes de Félicité. La Simonne l'épongeait avec un linge, en se disant qu'un jour il lui faudrait passer par là.

Le murmure de la foule grossit, fut un moment très fort, s'éloignait.

Une fusillade[9] ébranla les carreaux. C'était les postillons saluant l'ostensoir. Félicité roula ses prunelles, et elle dit, le moins bas qu'elle put :

– Est-il bien ? tourmentée du perroquet.

Son agonie commença. Un râle, de plus en plus précipité, lui soulevait les côtes. Des bouillons d'écume venaient aux coins de sa bouche, et tout son corps tremblait.

Chapitre V

1. Employé en uniforme, chargé du maintien de l'ordre.
2. Employé laïque, chargé de la garde de l'église.
3. Assistant du prêtre.
4. Porteurs d'encensoirs.
5. Étoffe précieuse tendue sur quatre montants.
6. Rouge vif et foncé.
7. Personnes chargées d'administrer les biens de la paroisse.
8. Vêtement long, souvent brodé, que le prêtre porte pour célébrer la messe.
9. Ici, claquements de fouets.

Bientôt, on distingua le ronflement des ophicléides[1], les voix claires des enfants, la voix profonde des hommes. Tout se taisait par intervalles, et le battement des pas, que des fleurs amortissaient, faisait le bruit d'un troupeau sur du gazon.

Le clergé parut dans la cour. La Simonne grimpa sur une chaise pour atteindre à l'œil-de-bœuf, et de cette manière dominait le reposoir.

Des guirlandes vertes pendaient sur l'autel, orné d'un falbala[2] en point[3] d'Angleterre. Il y avait au milieu un petit cadre enfermant des reliques[4], deux orangers dans les angles, et, tout le long, des flambeaux d'argent et des vases en porcelaine, d'où s'élançaient des tournesols, des lis, des pivoines, des digitales, des touffes d'hortensias. Ce monceau de couleurs éclatantes descendait obliquement, du premier étage jusqu'au tapis se prolongeant sur les pavés ; et des choses rares tiraient les yeux. Un sucrier de vermeil avait une couronne de violettes, des pendeloques[5] en pierres d'Alençon brillaient sur de la mousse, deux écrans chinois[6] montraient leurs paysages. Loulou, caché sous des roses, ne laissait voir que son front bleu, pareil à une plaque de lapis[7].

Les fabriciens, les chantres, les enfants se rangèrent sur les trois côtés de la cour. Le prêtre gravit lentement les marches, et posa sur la dentelle son grand soleil d'or[8] qui rayonnait. Tous s'agenouillèrent. Il se fit un grand silence. Et les encensoirs, allant à pleine volée, glissaient sur leurs chaînettes.

Une vapeur d'azur monta dans la chambre de Félicité. Elle avança les narines, en la humant avec une sensualité mystique ; puis ferma les paupières. Ses lèvres souriaient. Les mouvements de son cœur se ralentirent un à un, plus vagues chaque fois, plus doux, comme une fontaine s'épuise, comme un écho disparaît ; et, quand elle exhala son dernier souffle, elle crut voir, dans les cieux entr'ouverts, un perroquet gigantesque, planant au-dessus de sa tête.

---

1. Instruments de musique en cuivre, en forme de serpent.
2. Volant plissé de dentelles ou de broderies.
3. Dentelle à l'aiguille.
4. Restes du corps d'un saint, ou objets lui ayant appartenu.
5. Ornements en cristal ou en verre taillé.
6. Paravents (panneaux peints, en papier ou en soie).
7. Lapis-lazuli, pierre bleu azur.
8. L'ostensoir, en forme de soleil.

« *La lecture est un bonheur qui demande plus d'innocence et de liberté que de considération.* »
Maurice Blanchot

Relire...
Un cœur simple

Testez votre lecture

Chapitres I et II

1. Dans quelle région de France se situe l'intrigue ? À quelle époque ?
2. Quelle enfance a connu Félicité ? Quel a été son premier emploi ?
3. Dans sa jeunesse, Félicité a-t-elle connu l'amour ?
   Dans quelles circonstances ses espérances ont-elles été déçues ?
4. À quel moment de sa vie Félicité est-elle engagée par Mme Aubain ?
   Combien de temps reste-t-elle à son service ?
5. De qui se compose la famille Aubain ?
6. De quelle affection souffre Virginie ?
7. Qui est Nastasie Barette ? Quels rapports entretient-elle avec Félicité ?

Chapitre III

8. Dans quelles circonstances Félicité se rend-elle au catéchisme ?
9. Que retient-elle des leçons du prêtre ?
10. Comment se nomme le neveu de Félicité ? Quel métier choisit-il ?
    Que lui arrive-t-il finalement ?
11. Dans quelles circonstances Virginie meurt-t-elle ?
    Quelle est alors l'attitude de Mme Aubain ? Celle de Félicité ?
12. En 1830, quels événements politiques secouent la France ?
    De quelle manière sont-ils perçus à Pont-l'Evêque ?
13. Quel cadeau Mme de Larsonnière fait-elle à Mme Aubain ?

Chapitres IV et V

14 Caractérisez les relations de la servante avec l'animal.
15 Après la mort du perroquet, que fait Félicité pour conserver l'animal ?
16 À quel endroit le conserve-t-elle ? Avec qui finit-elle par le confondre ?
17 Dans quelles circonstances Mme Aubain meurt-t-elle ?
Quelles sont les conséquences de cette disparation pour Félicité ?
18 À quel moment de l'année meurt à son tour Félicité ?
19 Pourquoi Flaubert choisit-il de faire coïncider les deux événements ?

Structure de l'œuvre

Un cœur simple est composé de cinq chapitres de longueur très inégale.
Le premier et le dernier chapitres, très courts, encadrent trois chapitres plus développés. Le chapitre III, au centre de l'œuvre, est de loin le plus long.

Chapitre I (p. 13-14)

- Présentation des lieux et des personnages.
- Description de la maison de Mme Aubain à Pont-l'Évêque, portraits de Mme Aubain et de Félicité.

Chapitre II (p. 15 à 24)

- Retour en arrière. L'enfance malheureuse de Félicité, son amour déçu pour Théodore (p. 15 à 17).
- Félicité est engagée par Mme Aubain (vers 1809), la vie quotidienne de la servante auprès de sa maîtresse et de ses deux enfants, Paul et Virginie (p. 17 à 19).
- L'épisode du taureau, l'attitude héroïque de Félicité (p. 19-20).
- La santé déclinante de Virginie, les bains de mer à Trouville (p. 20 à 24).
- Félicité retrouve sa sœur, Nastasie Barette, et fait la connaissance de ses neveux (p. 24).
- Paul est envoyé au collège de Caen (p. 24).

Chapitre III (p. 25 à 40)

- Félicité découvre la religion en accompagnant Virginie au catéchisme (p. 25 à p. 27).
- Première communion de Virginie et de Félicité (p. 27-28).
- Départ de Virginie pour le couvent des Ursulines, à Honfleur (p. 28).

- Victor, le neveu de Félicité, lui rend régulièrement visite. Il part comme marin au long cours et meurt à La Havane (p. 29 à 33).
- Mort de Virginie au couvent en 1819 (p. 35-36).
- Nomination d'un nouveau préfet à Pont-l'Évêque (1830) ; apparition du perroquet (p. 38).

Chapitre IV (p. 42 à 52)

- Mme Aubain fait don du perroquet à Félicité, qui le baptise Loulou (p. 42).
- Loulou meurt d'une congestion (hiver 1837). Félicité le fait empailler et l'installe dans sa chambre (p. 45 à 47).
- Mariage de Paul (p. 48).
- Mort de Mme Aubain (1853), mise en vente de sa maison (p. 50).
- Maladie de Félicité (p. 51-52).

Chapitre V (p. 53-54)

- Félicité meurt le jour de la Fête-Dieu. Le perroquet Loulou a été installé sur le reposoir.

Pause lecture 1 — Un incipit traditionnel ?

▶ Chap. I ■ l. 15 à 60

Retour au texte

1 · Combien de parties distinguez-vous ici ?
2 · Quels sont les registres dominants ?
3 · Quels sont les temps verbaux utilisés ?

Interprétations

Narration et point de vue

4 · Quel est le statut du narrateur ? Ce choix est-il conforme au genre du conte ?

Une double description

5 · Comment la description de la maison de Mme Aubain s'organise-t-elle ?
6 · Que nous apprend ce texte sur le personnage de Mme Aubain et sur son histoire ?
7 · À qui renvoie le pronom personnel « Elle » (l. 42 à 60) ? Recherchez, dans les premières lignes du conte, un emploi similaire de ce pronom en ouverture de paragraphe.
8 · Comment s'organise le portrait de Félicité (l. 42 à 60) ? Comparez avec la progression étudiée à la question 6. Que constatez-vous ?
9 · Quels traits de caractère de la servante le narrateur met-il en valeur ? Vous paraissent-ils s'accorder avec son physique et ses habitudes vestimentaires ? Pourquoi ?

Et vous ?

Lecture et analyse

Lisez les textes 1 et 2 (p. 61 et 62) et comparez les portraits de Nanon et de Catherine Leroux avec celui de Félicité.

Vers l'oral du bac

Question sur l'extrait étudié – Dans quelle mesure peut-on dire que cet incipit répond à l'objectif que Flaubert s'était fixé, et qu'il énonce dans les termes suivants : « montrer la nature telle qu'elle est, [...] peindre le dessus et le dessous des choses » ?

Question sur l'ensemble de la nouvelle – « À vingt-cinq ans, on lui en donnait quarante. Dès la cinquantaine, elle ne marqua plus aucun âge », écrit Flaubert à propos de Félicité, à la fin du passage. Dans quelle mesure ce portrait anticipe-t-il sur la suite du récit ?

Texte 1 • Balzac, *Eugénie Grandet* (1833)

Eugénie Grandet fait partie des Scènes de la vie de province, *section de la vaste fresque romanesque que constitue* La Comédie humaine. *Dans cet extrait, situé au début de l'œuvre, Balzac fait le portrait de Nanon, la servante des Grandet.*

La Grande Nanon était peut-être la seule créature humaine capable d'accepter le despotisme de son maître. Toute la ville l'enviait à monsieur et à madame Grandet. La Grande Nanon, ainsi nommée à cause de sa taille haute de cinq pieds huit pouces[1], appartenait à Grandet depuis trente-cinq ans. Quoiqu'elle n'eût que soixante livres de gages, elle passait pour une des plus riches servantes de Saumur. Ces soixante livres, accumulées depuis trente-cinq ans, lui avaient permis de placer récemment quatre mille livres en viager[2] chez maître Cruchot. Ce résultat des longues et persistantes économies de la Grande Nanon parut gigantesque. Chaque servante, voyant à la pauvre sexagénaire du pain pour ses vieux jours, était jalouse d'elle sans penser au dur servage par lequel il avait été acquis. À l'âge de vingt-deux ans, la pauvre fille n'avait pu se placer chez personne, tant sa figure semblait repoussante ; et certes ce sentiment était bien injuste : sa figure eût été fort admirée sur les épaules d'un grenadier de la garde ; mais en tout il faut, dit-on, l'à-propos. Forcée de quitter une ferme incendiée où elle gardait les vaches, elle vint à Saumur, où elle chercha du service, animée de ce robuste courage qui ne se refuse à rien. Le père Grandet pensait alors à se marier, et voulait déjà monter son ménage. Il avisa cette fille rebutée[3] de porte en porte. Juge de la force corporelle en sa qualité de tonnelier, il devina le parti qu'on pouvait tirer d'une créature femelle taillée en Hercule, plantée sur ses pieds comme un chêne de soixante ans sur ses racines, forte des hanches, carrée du dos, ayant des mains de charretier et une probité vigoureuse comme l'était son intacte vertu. Ni les verrues qui ornaient ce visage martial, ni le teint de brique, ni les bras nerveux, ni les haillons de la Nanon n'épouvantèrent le tonnelier, qui se trouvait encore dans l'âge où le cœur tressaille. Il vêtit alors, chaussa, nourrit la pauvre fille, lui donna des gages, et l'employa sans trop la rudoyer. En se voyant ainsi accueillie, la Grande Nanon pleura secrètement de joie, et s'attacha sincèrement au tonnelier, qui d'ailleurs l'exploita féodalement. Nanon faisait tout : elle faisait la cuisine, elle faisait les buées[4], elle allait laver le linge à la Loire, le rapportait sur ses épaules ; elle se levait au jour, se couchait tard ; faisait à manger à tous les vendangeurs pendant les récoltes, surveillait les halleboteurs[5] ; défendait, comme un chien fidèle, le bien de son maître ; enfin, pleine d'une confiance aveugle en lui, elle obéissait sans murmure à ses fantaisies les plus saugrenues.

---

1. Environ 1,76 m, soit une très grande taille pour une femme du XIXe siècle.
2. En échange d'une rente perçue tout au long de sa vie.
3. Refusée.
4. Lessives.
5. Grappilleurs.

Texte 2 • Flaubert, *Madame Bovary* (1857)

Dans Madame Bovary, *Flaubert évoque longuement les Comices agricoles du bourg de Yonville. Une servante, Catherine Leroux, y reçoit une distinction pour ses fidèles services.*

« Catherine-Nicaise-Élisabeth Leroux, de Sassetot-la-Guerrière, pour cinquante-quatre ans de service dans la même ferme, une médaille d'argent – du prix de vingt-cinq francs ! »

« Où est-elle, Catherine Leroux ? » répéta le Conseiller.

Elle ne se présentait pas, et l'on entendait des voix qui chuchotaient :

« Vas-y
– Non.
– À gauche !
– N'aie pas peur !
– Ah ! qu'elle est bête !
– Enfin y est-elle ? s'écria Tuvache.
– Oui !... la voilà !
– Qu'elle approche donc ! »

Pause lecture 1

Alors on vit s'avancer sur l'estrade une petite vieille femme de maintien craintif, et qui paraissait se ratatiner dans ses pauvres vêtements. Elle avait aux pieds de grosses galoches de bois, et, le long des hanches, un grand tablier bleu. Son visage maigre, entouré d'un béguin sans bordure, était plus plissé de rides qu'une pomme de reinette flétrie, et des manches de sa camisole rouge dépassaient deux longues mains, à articulations noueuses. La poussière des granges, la potasse des lessives et le suint[1] des laines les avaient si bien encroûtées, éraillées, durcies, qu'elles semblaient sales quoiqu'elles fussent rincées d'eau claire ; et, à force d'avoir servi, elles restaient entrouvertes, comme pour présenter d'elles-mêmes l'humble témoignage de tant de souffrances subies. Quelque chose d'une rigidité monacale relevait l'expression de sa figure. Rien de triste ou d'attendri n'amollissait ce regard pâle. Dans la fréquentation des animaux, elle avait pris leur mutisme et leur placidité. C'était la première fois qu'elle se voyait au milieu d'une compagnie si nombreuse ; et, intérieurement effarouchée par les drapeaux, par les tambours, par les messieurs en habit noir et par la croix d'honneur du Conseiller, elle demeurait tout immobile, ne sachant s'il fallait s'avancer ou s'enfuir, ni pourquoi la foule la poussait et pourquoi les examinateurs lui souriaient. Ainsi se tenait, devant ces bourgeois épanouis, ce demi-siècle de servitude.

« Approchez, vénérable Catherine-Nicaise-Élisabeth Leroux ! » dit M. le Conseiller, qui avait pris des mains du président la liste des lauréats.

Et tour à tour examinant la feuille de papier, puis la vieille femme, il répétait d'un ton paternel :

« Approchez, approchez !

– Êtes-vous sourde ? » dit Tuvache, en bondissant sur son fauteuil.

Et il se mit à lui crier dans l'oreille :

« Cinquante-quatre ans de service ! Une médaille d'argent ! Vingt-cinq francs ! C'est pour vous. »

Puis, quand elle eut sa médaille, elle la considéra. Alors un sourire de béatitude se répandit sur sa figure, et on l'entendit qui marmottait en s'en allant :

« Je la donnerai au curé de chez nous, pour qu'il me dise des messes. »

---

[1]. Matières grasses contenues dans la laine des moutons.

Pause lecture 2 — Une héroïne malgré elle ?

▶ Chap. II ▪ l. 149 à 184

Retour au texte

1 · Quels sont les principaux temps verbaux utilisés ? Rappelez leurs valeurs d'emploi.
2 · Par quelles expressions successives le taureau est-il désigné ?

Interprétations

Un épisode à suspense

3 · À quel moment précis le taureau apparaît-il dans le texte ? Cette apparition modifie-t-elle le rythme des phrases ?
4 · Quels termes visuels et auditifs se rapportent à l'animal ?
5 · Par quels moyens Flaubert décrit-il la fureur croissante du taureau ?
6 · Comment l'affolement de Mme Aubain est-il souligné au fil du texte ?

Naissance d'une héroïne

7 · De quelles qualités Félicité fait-elle preuve dans cet épisode ? Comparez son attitude avec celle de Julien, dans *La Légende de saint Julien l'Hospitalier* (p. 65).
8 · Commentez l'effet produit par la succession des injonctions au style direct de la servante.
9 · Analysez la dernière phrase du texte. Quelle différence de point de vue Flaubert fait-il ici ressortir ?

Et vous ?

Écriture d'invention

De retour à Pont-l'Évêque, Mme Aubain raconte cette mésaventure à M. Bourais. Imaginez son récit et la réaction de l'ancien avoué (30 lignes).

Vers l'oral du bac

1 **Question sur l'extrait étudié** – Comment cette scène de la vie à la campagne devient-elle une scène héroïque ?

2 **Question sur l'ensemble de la nouvelle** – Quels éléments, dans l'enfance de Félicité, permettent de mieux comprendre le sang-froid dont la servante fait preuve durant cet épisode ?

Flaubert, *La Légende de saint Julien l'Hospitalier* (1877)

Dans La Légende de saint Julien l'Hospitalier, *le deuxième des* Trois Contes, *Flaubert évoque la pulsion meurtrière qui submerge son jeune héros, Julien. Après avoir massacré des dizaines d'animaux, le personnage se trouve confronté à un étrange cerf...*

Un spectacle extraordinaire l'arrêta. Des cerfs emplissaient un vallon ayant la forme d'un cirque ; et tassés, les uns près des autres, ils se réchauffaient avec leurs haleines que l'on voyait fumer dans le brouillard.

L'espoir d'un pareil carnage, pendant quelques minutes, le suffoqua de plaisir. Puis il descendit de cheval, retroussa ses manches, et se mit à tirer.

Au sifflement de la première flèche, tous les cerfs à la fois tournèrent la tête. Il se fit des enfonçures[1] dans leur masse ; des voix plaintives s'élevaient, et un grand mouvement agita le troupeau.

Le rebord du vallon était trop haut pour le franchir. Ils bondissaient dans l'enceinte, cherchant à s'échapper. Julien visait, tirait ; et les flèches tombaient comme les rayons d'une pluie d'orage. Les cerfs rendus furieux se battirent, se cabraient, montaient les uns par-dessus les autres ; et leurs corps avec leurs ramures emmêlées faisaient un large monticule, qui s'écroulait, en se déplaçant.

Enfin ils moururent, couchés sur le sable, la bave aux naseaux, les entrailles sorties, et l'ondulation de leurs ventres s'abaissant par degrés. Puis tout fut immobile.

La nuit allait venir ; et derrière le bois, dans les intervalles des branches, le ciel était rouge comme une nappe de sang.

Julien s'adossa contre un arbre. Il contemplait d'un œil béant l'énormité du massacre, ne comprenant pas comment il avait pu le faire.

De l'autre côté du vallon, sur le bord de la forêt, il aperçut un cerf, une biche et son faon.

Le cerf, qui était noir et monstrueux de taille, portait seize andouillers² avec une barbe blanche. La biche, blonde comme les feuilles mortes, broutait le gazon ; et le faon tacheté, sans l'interrompre dans sa marche, lui tétait la mamelle.

L'arbalète encore une fois ronfla. Le faon, tout de suite, fut tué. Alors sa mère, en regardant le ciel, brama d'une voix profonde, déchirante, humaine. Julien exaspéré, d'un coup en plein poitrail, l'étendit par terre.

Le grand cerf l'avait vu, fit un bond. Julien lui envoya sa dernière flèche. Elle l'atteignit au front, et y resta plantée.

Le grand cerf n'eut pas l'air de la sentir ; en enjambant par-dessus les morts, il avançait toujours, allait fondre sur lui, l'éventrer ; et Julien reculait dans une épouvante indicible. Le prodigieux animal s'arrêta ; et les yeux flamboyants, solennel comme un patriarche et comme un justicier, pendant qu'une cloche au loin tintait, il répéta trois fois :

– « Maudit ! maudit ! maudit ! Un jour, cœur féroce, tu assassineras ton père et ta mère ! »

Il plia les genoux, ferma doucement ses paupières, et mourut.

---

1. Creux.
2. Ramifications des bois.

Pause lecture 3 — Félicité, sainte ou singe ?

▶ Chap. III ■ l. 1 à 40

Retour au texte

1 · Quelle position ce passage occupe-t-il dans l'ensemble du conte ?
2 · Quelle est la structure de cet extrait ? Distinguez les passages narratifs et descriptifs.
3 · Quel est le point de vue majoritairement adopté dans ce texte ?

Interprétations

Description et représentation

4 · Quels éléments de l'église de Pont-l'Évêque le narrateur décrit-il ? Pourquoi ?
5 · Comparez cette description avec l'évocation de la cathédrale de Beaumont, dans le texte de Zola (texte 2, p. 70).
6 · Quel rôle la vision joue-t-elle dans le texte ?
7 · Pourquoi le narrateur souligne-t-il la difficulté de Félicité à se représenter le Saint-Esprit ?

Un abrégé d'histoire sainte

8 · Quels sont les épisodes de l'histoire sainte mis en valeur par le prêtre ?
9 · Félicité peut-elle se reconnaître dans certains de ces épisodes ?
10 · Quel est l'effet de toutes ces leçons sur la personnalité de la servante ? Comparez la foi de Félicité avec celle de Jeanne, dans *Une vie* (texte 1, p. 69).

Et vous ?

Expression écrite

Dans ses brouillons, Flaubert insistait sur la nécessité de préparer la vision céleste qui clôt l'œuvre. Il notait ainsi : « Il faut avoir préparé le St. Esprit. Lors du catéchisme. Elle réfléchit ou tâche de réfléchir aux Mystères ou plutôt, ils lui arrivent sous forme d'images. »
Expliquez et commentez cette remarque de l'écrivain sur son propre travail.

Vers l'oral du bac

1. **Question sur l'extrait étudié** – Quels nouveaux aspects de la personnalité de Félicité ce passage permet-il de mettre en lumière ?

2. **Question sur l'ensemble de la nouvelle** – De quelle manière Flaubert anticipe-t-il dans cet extrait sur la relation d'adoration que Félicité va par la suite entretenir avec le perroquet Loulou ?

Texte 1 • Maupassant, *Une Vie* (1883)

Une Vie raconte l'histoire de Jeanne, une jeune aristocrate naïve et sentimentale. Mariée à un homme qui la délaisse, elle mène une existence recluse dans son manoir des Peuples, en Normandie.

La religion de Jeanne était toute de sentiment ; elle avait cette foi rêveuse que garde toujours une femme ; et, si elle accomplissait à peu près ses devoirs, c'était surtout par habitude gardée du couvent, la philosophie frondeuse du baron[1] ayant depuis longtemps jeté bas ses convictions.

L'abbé Picot se contentait du peu qu'elle pouvait lui donner et ne la gourmandait[2] jamais. Mais son successeur, ne l'ayant point vue à l'office du précédent dimanche, était accouru inquiet et sévère.

Elle ne voulut point rompre avec le presbytère et promit, se réservant de ne se montrer assidue que par complaisance dans les premières semaines.

Mais peu à peu elle prit l'habitude de l'église et subit l'influence de ce frêle abbé intègre et dominateur. Mystique, il lui plaisait par ses exaltations et ses ardeurs. Il faisait vibrer en elle la corde de poésie religieuse que toutes les femmes ont dans l'âme. Son austérité intraitable, son mépris du monde et des sensualités, son dégoût des préoccupations humaines, son amour de Dieu, son inexpérience juvénile et sauvage, sa parole dure, sa volonté inflexible donnaient à Jeanne l'impression de ce que devaient être les martyrs ; et elle se laissait séduire, elle, cette souffrante déjà désabusée, par le fanatisme rigide de cet enfant, ministre du Ciel.

Il la menait au Christ consolateur, lui montrant comment les joies pieuses de la religion apaiseraient toutes ses souffrances ; et elle s'agenouillait au confessionnal, s'humiliant, se sentant petite et faible devant ce prêtre qui semblait avoir quinze ans.

---

1. Le père de Jeanne.
2. Grondait.

Texte 2 • Émile Zola, *Le Rêve* (1888)

Angélique est une enfant trouvée. Recueillie par un couple de brodeurs, elle grandit dans une petite maison qui jouxte la cathédrale de Beaumont...

Maintenant que les jours croissaient, Angélique, le matin et le soir, restait longuement accoudée au balcon, côte à côte avec sa grande amie la cathédrale. Elle l'aimait plus encore le soir, quand elle n'en voyait que la masse énorme se détacher d'un bloc sur le ciel étoilé. Les plans se perdaient, à peine distinguait-elle les arcs-boutants jetés comme des ponts dans le vide. Elle la sentait éveillée sous les ténèbres, pleine d'une songerie de sept siècles, grande des foules qui avaient espéré et désespéré devant ses autels. C'était une veille continue, venant de l'infini du passé, allant à l'éternité de l'avenir, la veille mystérieuse et terrifiante d'une maison où Dieu ne pouvait dormir. Et, dans la masse noire, immobile et vivante, ses regards retournaient toujours à la fenêtre d'une chapelle du chœur, au ras des arbustes du Clos-Marie, la seule qui s'allumât, ainsi qu'un œil vague ouvert sur la nuit. Derrière, à l'angle d'un pilier, brûlait une lampe de sanctuaire. Justement, cette chapelle était celle que les abbés d'autrefois avaient donnée à Jean V d'Hautecœur et à ses descendants, avec le droit d'y être ensevelis, en récompense de leur largesse. Consacrée à saint Georges[1], elle avait un vitrail du douzième siècle, où l'on voyait peinte la légende du saint. Dès le crépuscule, la légende renaissait de l'ombre, lumineuse, comme une apparition ; et c'était pourquoi Angélique, les yeux rêveurs et charmés, aimait la fenêtre.

Le fond du vitrail était bleu, la bordure, rouge. Sur ce fond d'une sombre richesse, les personnages, dont les draperies volantes indiquaient le nu, s'enlevaient en teintes vives, chaque partie faite de verres colorés, ombrés de noir, pris dans les plombs.

---

1. Dans la légende, ce chevalier combattit un dragon et le terrassa. Son combat a donné lieu à une iconographie importante, surtout à partir du XIIIe siècle. Il symbolise la victoire de la foi sur le Mal.

Pause lecture 4 — La mort de Félicité, une apothéose ?

▶ Chap. V ▪ l. 19 à 62

Retour au texte

1 · Quels sont les deux événements racontés en parallèle par Flaubert dans ce dénouement ?
2 · Dégagez la construction du texte.

Interprétations

Une procession pittoresque

3 · Quels sens se trouvent successivement mis en valeur dans l'évocation de la procession ?
4 · Quel est le point de vue adopté dans la description du reposoir ? Caractérisez ce point de vue.
5 · Faites la liste des objets sur le reposoir. Quelle place y occupe le perroquet de Félicité ?
6 · De quelle manière Flaubert rend-il sensible le caractère hétéroclite de cette accumulation ?
7 · Expliquez et commentez la proposition : « et des choses rares tiraient les yeux » (l. 45-46).

Une fin mystique

8 · De quelle maladie Félicité meurt-elle ? Quels indices de ce mal retrouve-t-on dans le texte ?
9 · Dans le dernier paragraphe, les ultimes instants de la servante sont-ils décrits sur un mode réaliste ? Justifiez votre réponse.
10 · Comment ce paragraphe permet-il de relier les deux événements évoqués en parallèle ?

Et vous ?

Lecture comparée

Lisez les textes de Flaubert et de Zola (p. 72 et 73). Quelles similitudes et quelles différences pouvez-vous remarquer entre ces deux extraits et celui d'*Un cœur simple* ?

Vers l'oral du bac

1. **Question sur l'extrait étudié** – La mort de Félicité est-elle la mort d'une sainte ? Justifiez votre réponse.

2. **Question sur l'ensemble de la nouvelle** – Comparez ce texte à l'évocation de la mort de Mme Aubain, au chapitre IV. Quelles différences pouvez-vous établir entre les deux récits ?

Pause lecture 4

Texte 1 • Gustave Flaubert, *Madame Bovary* (1857)

Poursuivie par ses créanciers, Emma Bovary décide, à la fin du roman de Flaubert, de se donner la mort. Après s'être empoisonnée à l'arsenic, elle connaît un bref moment de répit lors de l'extrême-onction que lui accorde le prêtre.

Elle tourna sa figure lentement, et parut saisie de joie à voir tout à coup l'étole violette, sans doute retrouvant au milieu d'un apaisement extraordinaire la volupté perdue de ses premiers élancements mystiques, avec des visions de béatitude éternelle qui commençaient.

Le prêtre se releva pour prendre le crucifix ; alors elle allongea le cou comme quelqu'un qui a soif, et, collant ses lèvres sur le corps de l'Homme-Dieu, elle y déposa de toute sa force expirante le plus grand baiser d'amour qu'elle eût jamais donné. Ensuite il récita le *Misereatur* et l'*Indulgentiam*, trempa son pouce droit dans l'huile et commença les onctions : d'abord sur les yeux, qui avaient tant convoité toutes les somptuosités terrestres ; puis sur les narines, friandes de brises tièdes et de senteurs amoureuses ; puis sur la bouche, qui s'était ouverte pour le mensonge, qui avait gémi d'orgueil et crié dans la luxure ; puis sur les mains, qui se délectaient aux contacts suaves, et enfin sur la plante des pieds, si rapides autrefois quand elle courait à l'assouvissance de ses désirs, et qui maintenant ne marcheraient plus.

Le curé s'essuya les doigts, jeta dans le feu les brins de coton trempés d'huile, et revint s'asseoir près de la moribonde pour lui dire qu'elle devait à présent joindre ses souffrances à celles de Jésus-Christ et s'abandonner à la miséricorde divine.

Un cœur simple, un monde de femmes ?

Analyse d'images ▶ p. 83

Un cœur simple

Photographie du film réalisé par Marion Laine, avec Sandrine Bonnaire et Marina Foïs, 2008.

Les Lavandières

Camille Pissarro,
huile sur toile (38 cm × 46 cm), 1895.

Femme étendant du linge
Camille Pissarro,
huile sur toile (41 cm × 32,5 cm), 1887.

Dossier images

Une servante

Gravure d'après Édouard May, XIXe siècle.

IV

Pause lecture 4

Texte 2 • Émile Zola, *Le Rêve* (1888)

À la fin du roman de Zola, Angélique réalise son rêve : épouser Félicien. Mais le jour de son mariage, la jeune fille est mourante...

Et, d'une marche lente, entre la double haie des fidèles, Angélique et Félicien se dirigèrent vers la porte. Après le triomphe, elle sortait du rêve, elle marchait là-bas, pour entrer dans la réalité. Ce porche de lumière crue ouvrait sur le monde qu'elle ignorait ; et elle ralentissait le pas, elle regardait les maisons actives, la foule tumultueuse, tout ce qui la réclamait et la saluait. Sa faiblesse était si grande, que son mari devait presque la porter. Pourtant, elle souriait toujours, elle songeait à cet hôtel princier, plein de bijoux et de toilettes de reine, où l'attendait la chambre des noces, toute de soie blanche. Une suffocation l'arrêta, puis elle eut la force de faire quelques pas encore. Son regard avait rencontré l'anneau passé à son doigt, elle souriait de ce lien éternel. Alors, au seuil de la grand-porte, en haut des marches qui descendaient sur la place, elle chancela. N'était-elle pas allée jusqu'au bout du bonheur ? N'était-ce pas là que la joie d'être finissait ? Elle se haussa d'un dernier effort, elle mit sa bouche sur la bouche de Félicien. Et, dans ce baiser, elle mourut.

Les thèmes de l'œuvre

■ Flaubert et la religion

● Gustave Flaubert n'était pas croyant. Il dénonce régulièrement à travers ses œuvres la vanité de certaines pratiques religieuses et la bêtise des membres du clergé. Cependant, nombreux sont les textes où l'écrivain interroge le sentiment religieux. Comme le souligne Pierre-Marc de Biasi, « Flaubert l'agnostique, le mécréant, l'anticlérical a consacré une bonne partie de son œuvre à comprendre ce que c'est que croire et que faire croire ».

● Ainsi, chacun des *Trois contes* entretient un rapport étroit avec la religion. *Un cœur simple* met en scène Félicité, qui accède à une forme de sainteté par son abnégation et son adoration du perroquet, qu'elle confond progressivement avec le Saint-Esprit. *La Légende de Saint Julien l'Hospitalier* s'inspire de la vie de Julien, un saint du Moyen Âge dont l'histoire est devenue une légende. Et *Hérodias*, le dernier conte, s'achève sur l'évocation de la mort de saint Jean-Baptiste.

■ Une nouvelle ambiguë : l'évolution du personnage

● Dans une lettre à Mme des Genettes, Flaubert présente Félicité comme « une pauvre fille de campagne, dévote mais mystique, dévouée sans exaltation et tendre comme du pain frais » (lettre du 19 juin 1876). Cette présentation souligne l'ambiguïté des rapports que le personnage principal entretient avec la religion. Ceux-ci sont marqués par la dévotion et la simplicité, mais aussi par quelque chose qui dépasse la croyance au sens traditionnel : le mysticisme.

● Plus précisément, on peut dire que le personnage connaît une évolution tout au long du récit : au début du conte, Félicité est présentée comme une sainte qui s'ignore, et qui n'entretient avec la religion qu'un rapport assez extérieur. Certes, elle se lève « dès l'aube, afin de ne pas manquer la messe », et s'endort « son rosaire à la main », mais ses qualités et son dévouement sont essentiellement concrets : « Pour cent francs par an, elle faisait le ménage, cousait, lavait, repassait, savait brider un cheval, engraisser les volailles, battre le beurre [...] » (chap. I).

● À partir du chapitre III et du moment où Félicité découvre le catéchisme en accompagnant Virginie à ses leçons, Flaubert insiste sur l'attirance de son personnage pour le divin. Son manque d'éducation et de culture l'empêche de comprendre les subtilités de

Les thèmes de l'œuvre

l'Histoire sainte, mais en même temps, il lui permet de s'ouvrir pleinement à ce qui est de l'ordre du sentiment religieux. « Tendre comme du pain frais », Félicité, la servante au grand cœur simple, ne demande qu'à aimer, qu'à adorer ce qui la dépasse. Cette adoration passe essentiellement par la vénération d'images, qu'elle a d'ailleurs le pouvoir de se constituer elle-même, lorsqu'elle écoute les récits du curé notamment : « Le prêtre fit d'abord un abrégé de l'Histoire sainte. Elle croyait voir le paradis, le déluge, la tour de Babel, des villes tout en flammes, des peuples qui mouraient, des idoles renversées [...]. » (chap. III). Cette adoration se cristallise notamment sur le Saint-Esprit, dont elle peine cependant à « imaginer [la] personne », car il n'est « pas seulement oiseau, mais encore un feu et d'autres fois un souffle ». Ce mystère ne fait que renforcer la vénération de Félicité, et va permettre à la fin du récit la confusion de Loulou et de la figure sainte.
- À la suite de cette initiation au catéchisme, la dévotion de la servante est de plus en plus marquée. Félicité commence par imiter scrupuleusement les pratiques religieuses de Virginie, jeûnant et se confessant comme elle. La première communion de l'enfant est vécue par la servante comme un rêve, dans un mécanisme de projection évident : « Quand ce fut le tour de Virginie, Félicité se pencha pour la voir ; et, avec l'imagination que donnent les vraies tendresses, il lui sembla qu'elle était elle-même cette enfant ; sa figure devenait la sienne, sa robe l'habillait, son cœur lui battait dans la poitrine ; au moment d'ouvrir la bouche, en fermant les paupières, elle manqua s'évanouir. » (chap. III).
- Après le départ de Virginie, la dévotion de Félicité est plus affirmée, mais aussi plus autonome : comme la Vierge aux pieds du Christ en croix, en revenant de Honfleur, elle se tient en prière au pied du calvaire, afin de recommander à Dieu son cher neveu. Félicité pratique également la charité : née pauvre parmi les pauvres, elle partage le peu qu'elle a avec sa sœur et son neveu qui l'exploitent pourtant ; elle soigne les malades et offre à boire aux soldats... Ce que Flaubert résume d'une formule elliptique, détachée des paragraphes précédents et suivants : « La bonté de son cœur se développa. »

Les thèmes de l'œuvre

■ La portée symbolique

● Après avoir perdu un à un tous les êtres qui lui étaient chers, Félicité reporte tout l'amour et la bonté de son cœur sur Loulou, le perroquet que lui a donné Mme Aubain. Une fois mort, elle le fait empailler, et il lui revient plus beau qu'elle ne pouvait le rêver, « splendide, droit sur une branche d'arbre, qui se vissait sur un socle d'acajou, une patte en l'air, la tête oblique, et mordant une noix, que l'empailleur, par amour du grandiose, avait dorée ». Soit exactement tel qu'elle tentait d'imaginer le Saint-Esprit durant les leçons de catéchisme : oiseau, bien sûr, mais aussi feu (la noix dorée) et souffle (l'oiseau se tient, une patte en l'air…). L'adoration pour le perroquet, que la servante installe dans sa chambre face à son lit, se mue en pur fétichisme et idolâtrie. Félicité prie agenouillée devant son perroquet, et entre en extase lorsqu'un rayon de lumière vient se réfléchir dans l'œil de verre de l'oiseau empaillé. Sourde et à demi-aveugle, elle vit désormais en recluse dans la maison de Mme Aubain après la mort de celle-ci.

● L'agonie de Félicité, dont le récit est détaché au chapitre V pour mieux le mettre en valeur, confirme cependant l'ambiguïté du personnage, et partant, de l'œuvre entière. Évoquant parallèlement la procession de la Fête-Dieu et les derniers moments de la servante, Flaubert insiste sur la dimension mystique de l'extase qui envahit alors le personnage. Félicité semble ne mourir que pour s'élever dans les « cieux entrouverts », à la suite du « perroquet gigantesque » qu'elle croit voir planer au-dessus de sa tête. La servante disparaît dans un sourire, et son cœur se ralentit doucement, « comme une fontaine s'épuise, comme un écho disparaît ».

● Nulle ironie, dans cette fin mystique qui est aussi la clôture du conte : Félicité l'idolâtre, la simple d'esprit et de cœur, s'éteint comme une sainte dans une félicité présentée comme authentique.

Lecture transversale 1 — Un conte réaliste ?

De nombreux éléments, notamment biographiques, permettent de rattacher Un cœur simple *au réalisme et à la peinture des mœurs. Pour autant, l'œuvre ne se limite pas à la simple reproduction de la réalité.*

Retour au texte

1 · Quels sont les principaux lieux évoqués par Flaubert dans *Un cœur simple* ? Parmi ces lieux, quels sont ceux qui existent vraiment ?

2 · À quelle époque l'histoire se situe-t-elle ? Relevez les principaux éléments qui permettent de dater la progression de l'intrigue.

3 · Quels sont les événements politiques et historiques mentionnés dans le conte ? Sont-ils nombreux ? Pourquoi, selon vous ?

Interprétations

Scènes de la vie normande

4 · Repérez les passages où il est question des habitants de Pont-l'Évêque et de leurs habitudes. Quel regard Flaubert semble-t-il porter sur la bourgeoisie provinciale ?

5 · Quelle est la situation de Mme Aubain par rapport à cette bourgeoisie ?
Comment sa fortune a-t-elle évolué depuis la mort de son mari ?

6 · Quelle éducation Mme Aubain entend-elle donner à ses enfants ? Cette éducation fournit-elle les résultats escomptés ?

7 · Quelques passages du conte évoquent la vie des paysans normands de l'époque. Retrouvez-les et commentez-les.

Des souvenirs personnels à l'enquête

8 · D'après Maurice Nadeau (texte 1, p. 78), quelle est la place des souvenirs personnels de l'écrivain dans l'écriture d'*Un cœur simple* ?

9 · D'après Pierre-Marc de Biasi (texte 2, p. 79), Flaubert s'en remet-il à ses seuls souvenirs pour rédiger son œuvre ? Que retrouve-t-on de ce travail préalable dans le résultat final ?

Et vous ?

Expression écrite

Le réalisme doit-il, selon vous, se limiter à « la reproduction exacte, complète, sincère du milieu social, de l'époque où l'on vit » (revue *Le Réalisme*, 1860) ?

Texte 1 • Maurice Nadeau, *Gustave Flaubert, écrivain* (1980)

*Dans son essai sur Flaubert, l'éditeur Maurice Nadeau souligne la part des souvenirs personnels de l'écrivain dans la rédaction d'*Un cœur simple.

Sous le couvert de l'histoire cruelle et touchante d'une servante dévouée – la Léonie de ses amis Barbey à Trouville, dont il mêle les traits à ceux de sa vieille Julie – il ressuscite, parfois sous leur vrai nom, les personnages familiers d'autrefois et, sous leurs vraies couleurs, les paysages qu'il est allé récemment revoir, le cœur gonflé de sensations anciennes.

Mme Aubain, dans cette seconde vie que lui donne le romancier, c'est la grand-tante Allais, Paul et Virginie : lui-même et sa sœur Caroline dans leurs jeux, le neveu Victor qui meurt de la fièvre jaune à La Havane, celui du capitaine Barbey […], le marquis de Gremanville : l'arrière-grand-oncle Charles-François Fouet, plus connu de toute la parenté sous le nom de conseiller de Crémanville. Il n'est pas jusqu'au perroquet *Loulou* qui n'ait eu son modèle, dans la rue du Commerce, à Trouville. […]

Les sources prennent ici une importance particulière. En se livrant à une transposition dramatique de ses souvenirs et en confectionnant l'histoire de Félicité, Flaubert entend se faire revivre à lui-même, avec toute l'exactitude souhaitable, quelques épisodes vécus de son enfance, revoir sous leur jour d'autrefois les gens et les lieux. Les mémoires qu'il voulait écrire et dont il a abandonné le projet, en voici le substitut, dans la couleur même du passé, et il n'entend pas qu'on trouve ridicule l'histoire de sa vieille servante. Il a mis dans le récit de cette existence en butte aux cruautés de la vie tout son cœur, ses regrets, sa nostalgie, sans déroger à son esthétique, accomplissant par là une prouesse d'où semblent absents la tension et l'effort.

© Les Lettres nouvelles.

Texte 2 • Pierre-Marc de Biasi, « Le testament littéraire » (1999)

Dans son introduction aux Trois contes, *Pierre-Marc de Biasi met en évidence l'importance du travail de documentation accompli par Flaubert autour d'*Un cœur simple.

Quels que soient les rapprochements possibles, *Un cœur simple*, en effet, répond à peu près sans défaillance aux règles de l'écriture flaubertienne qui exclut la confidence et toute prise de position personnelle de l'auteur. À tel point que, loin de s'en remettre à ses seuls souvenirs, et comme pour leur faire écran, Flaubert s'oblige, avant d'écrire ce conte, à de véritables recherches et repérages.

Il visite Honfleur et Pont-l'Évêque carnet en main, prend des notes sur l'église Saint-Michel, etc. : la région qu'il connaît le mieux au monde fait ainsi l'objet d'une enquête serrée. Les documents versés au dossier le sont au même titre que les autres recherches : l'ordonnancement des Processions pour lesquelles il compulse l'*Eucologue* de Lisieux, le *Traité de la pneumonie* de Grisolles sur les particularités de cette maladie, des livres, des articles, des notices sur les perroquets, etc. Reste à savoir si toute cette documentation, comme les enquêtes sur le terrain, vise réellement l'exactitude de détail, ou si elle ne constitue pas plutôt, comme c'était déjà le cas pour Saint Julien[1], une sorte de machine à rêver, une collection d'images propres à exciter l'imagination. Et que penser de cet autre « document » que Flaubert utilise pour toute la durée de rédaction d'*Un cœur simple* : ce fameux perroquet empaillé, de race « amazone », qu'il place devant lui sur sa table, afin, dit-il de « peindre d'après nature », c'est-à-dire, précise-t-il, afin de « s'emplir l'âme de perroquet », comme Félicité ?

Trois contes, Introduction, © Le Livre de poche.

---

[1]. *La Légende de saint Julien l'Hospitalier*, second récit des *Trois Contes*.

Lecture transversale 2 — Félicité, un personnage ambigu ?

Le personnage de Félicité demeure énigmatique tout au long de l'œuvre. On peut ainsi mettre l'accent sur sa bêtise, ce que n'hésite pas à faire Mme Aubain, autant que sur sa sensibilité et sa simplicité sincères. On pourra éclairer la réflexion par la lecture de l'interview de Marion Laine (p. 100).

Retour au texte

1. Reprenez les principaux événements de la vie de Félicité, de sa naissance à sa mort, en vous efforçant d'en établir la chronologie.
2. De quel milieu social Félicité est-elle issue ? A-t-elle gardé des liens avec sa famille ?
3. Quelle est la signification du titre *Un cœur simple* ? Qui désigne-t-il ? Comment cette figure de style s'appelle-t-elle ?

Interprétations

Une vie obscure

4. Reprenez les principaux éléments du portrait physique de Félicité, à la fin du chapitre I. À quels moments Flaubert revient-il sur ce portrait et dans quel but ?
5. Quels sont les principaux traits de caractère de Félicité ? Ses qualités et ses défauts sont-ils reconnus, selon vous, à leur juste valeur ?
6. À qui la servante s'attache-t-elle successivement ? Quel est le destin de tous ces êtres ?

Entre dévotion et adoration

7. En quelle occasion la piété de Félicité commence-t-elle à se développer ? Quelle formation religieuse la servante reçoit-elle alors ?
8. Après la mort de Virginie, comment la foi de Félicité évolue-t-elle ? Quelle vertu développe-t-elle en particulier ?
9. Quel rôle le perroquet Loulou joue-t-il dans l'univers de Félicité ? Comment en vient-elle à reporter toute sa ferveur sur l'animal ?
10. La fin de Félicité se rapproche-t-elle, selon vous, de la mort d'une sainte ou d'une idolâtre ?
11. Lisez la lettre de Flaubert (texte 1, p. 81). Flaubert a-t-il réussi son projet d'écrire un livre « très sérieux et très triste » à partir du « récit d'une vie obscure » ? Cette histoire est-elle de nature à « apitoyer » le lecteur ?
12. Selon Pierre-Marc de Biasi (texte 2, p. 82), quels sens peut-on donner à la bêtise de Félicité ?

Texte 1 • Gustave Flaubert, *Lettre à Mme Roger des Genettes* (19 juin 1876)

*Dans une lettre écrite à une amie, Flaubert expose pour la première fois en détail le projet d'*Un cœur simple...

Me voilà revenu dans cette vieille maison, que j'avais quittée l'année dernière aux trois quarts mort de découragement ! Les choses ne sont pas superbes, mais enfin elles sont tolérables. Je me suis remâté, j'ai envie d'écrire. J'espère en une période assez longue de paix. […]

L'Histoire d'un cœur simple[1] est tout bonnement le récit d'une vie obscure, celle d'une pauvre fille de campagne, dévote mais mystique, dévouée sans exaltation et tendre comme du pain frais. Elle aime successivement un homme, les enfants de sa maîtresse, un neveu, un vieillard qu'elle soigne, puis son perroquet ; quand le perroquet est mort, elle le fait empailler et, en mourant à son tour, elle confond le perroquet avec le Saint-Esprit. Cela n'est nullement ironique comme vous le supposez, mais au contraire très sérieux et très triste. Je veux apitoyer, faire pleurer les âmes sensibles, en étant une moi-même.

---

[1]. Premier titre d'*Un cœur simple*.

Texte 2 • Pierre-Marc de Biasi, « Le testament littéraire » (1999)

Dans sa présentation des Trois contes, *Pierre-Marc de Biasi souligne l'ambiguïté de la bêtise de Félicité.*

Si Félicité ne manifeste aucune bassesse d'esprit, en revanche, il lui arrive assez souvent de penser *bêtement*, et c'est même ce que lui reproche sans arrêt Mme Aubain. Cette bêtise constitue l'autre aspect de son identité d'héroïne. Dans les brouillons, Flaubert avait pensé doter Félicité d'un étrange « pouvoir sur les animaux ». Elle ne sait rien mais pour les choses essentielles, elle possède l'instinct des bêtes : le monde naturel se sait en elle. Cette référence à la bêtise est profondément ambiguë chez Flaubert : au sens d'animalité, elle n'a souvent rien de péjoratif, au contraire. Flaubert, aussi pessimiste que Pascal, pense que l'humain est plus proche de la bête que de l'ange. La véritable bêtise, la stupidité de bête brute, est de nier l'animalité, de faire l'ange et de se croire autorisé à énoncer des vérités morales ou intellectuelles définitives. [...] Quant au véritable courage, selon Flaubert, il est par nature aussi rare que les traits d'intelligence. Au contraire, Félicité qui parle rarement, risque spontanément sa vie pour sauver Paul et Virginie de la fureur du taureau. Elle n'en tire aucun orgueil et ne se doute même pas de l'héroïsme de son geste. C'est un geste naturel. De même, tout ce qu'elle sait de la vie, du désir, de l'attirance amoureuse, elle l'a appris de la Nature. Quant à l'amour sentimental qu'elle porte à sa maîtresse, aux deux petits enfants qu'elle élève, à son neveu, il a le caractère absolu du « dévouement bestial ». Lorsqu'elle aura perdu les uns après les autres tous les êtres à qui elle avait consacré son besoin d'aimer, c'est tout naturellement vers un animal, le perroquet, que se tournera son adoration.

Trois contes, Introduction, © Le Livre de poche.

Analyse d'images — *Un cœur simple*, un monde de femmes ?

▶ **Dossier central images en couleurs**

Retour aux images

1. Dans le document I, dans quel cadre les personnages se trouvent-ils ? À quel moment de l'histoire peut-on situer la scène ?
2. À quel mouvement pictural les tableaux II et III, qui accordent une grande importance à l'*impression* ressentie par le peintre, se rattachent-ils ?
3. Quelle est l'attitude du personnage dans le document IV ?

Interprétations

Les mœurs du temps

4. Dans le document I, quels éléments permettent de distinguer avec certitude Mme Aubain de Félicité ? Quelle relation semblent entretenir les deux femmes ?
5. Dans *Les Lavandières* (doc. II), à quelles tâches distinctes sont occupées les trois lessiveuses ? De quelle manière Pissarro suggère-t-il la difficulté de cette corvée ?
6. Analysez la composition du document III. Comment Pissaro fait-il ressortir la blancheur du linge suspendu ?
7. Dans les documents II et III, quel regard le peintre semble-t-il porter sur les êtres qu'il représente ?
8. Les vêtements portés par la servante du document IV correspondent-ils à ceux de Félicité, d'après la description de Flaubert (chap. I, p. 14) ?

Un monde de femmes

9. Dans l'ensemble des documents reproduits, combien comptez-vous de figures masculines ? Cette répartition est-elle conforme à l'œuvre de Flaubert ?
10. Les tableaux de Pissarro laissent-ils une place à l'évocation de la féminité ? Justifiez votre réponse.
11. Comparez l'attitude de la servante dans les différents documents. De quelle représentation le personnage de Félicité vous semble-t-il le plus proche ?

Et vous ?

Expression écrite

Choisissez, parmi ces quatre reproductions, celle qui vous paraît le mieux illustrer *Un cœur simple*. Justifiez votre choix.

I *Un cœur simple*, film de Marion Laine (2008)

Un cœur simple, adapté du conte de Flaubert, est le premier long-métrage de Marion Laine (2008). Sandrine Bonnaire y joue le rôle de Félicité, Marina Foïs celui de Mme Aubain.

II Camille Pissarro, *Les Lavandières* (1895)

Camille Pissarro (1830-1903) est considéré comme l'un des pères de l'impressionnisme. Il s'est souvent attaché à représenter la vie rurale française, en particulier des scènes de paysans travaillant aux champs. Il a également réalisé de nombreux croquis de femmes lessivant le linge, une des corvées ménagères les plus pénibles à cette époque.

III Camille Pissarro, *Femme étendant du linge* (1887)

Pissarro eut plusieurs enfants de Julie Velley, une domestique employée par ses parents. Au grand dam de ces derniers, le peintre finit par épouser Julie, mais vécut jusqu'à la fin de sa vie dans une grande pauvreté.

IV Gravure d'après Édouard May, *Une servante* (XIXe siècle)

Édouard May (1807-1881) est un graveur français. Il a notamment représenté le supplice de Jane Gray, héritière du trône d'Angleterre, qui fut exécutée à Londres à l'âge de dix-sept ans, en 1554.

Vers l'écrit du bac

La représentation des « petites gens » dans le roman du XIXe siècle

▶ Objet d'étude : le roman et ses personnages

Corpus complémentaire

Texte A – Balzac, *Eugénie Grandet* (1833)

De :
« La Grande Nanon était peut-être la seule créature humaine capable d'accepter le despotisme de son maître. »

à :
« La nécessité rendit cette pauvre fille si avare que Grandet avait fini par l'aimer comme on aime un chien. »

Voir texte 1, p. 61.

Texte B – Flaubert, *Madame Bovary* (1857)

De :
« Catherine-Nicaise-Élisabeth Leroux, de Sassetot-la-Guerrière, pour cinquante-quatre ans de service dans la même ferme, une médaille d'argent – du prix de vingt-cinq francs ! »

à :
« Ainsi se tenait, devant ces bourgeois épanouis, ce demi-siècle de servitude. »

Voir texte 2, p. 62.

Vers l'écrit du bac

La représentation des « petites gens » dans le roman du XIXe siècle

Texte C – Jules et Edmond de Goncourt, *Germinie Lacerteux* (1865)

Germinie Lacerteux est la servante de Melle de Varandeuil.

Germinie était laide. Ses cheveux, d'un châtain foncé et qui paraissaient noirs, frisottaient et se tortillaient en ondes revêches, en petites mèches dures et rebelles, échappées et soulevées sur sa tête malgré la pommade de ses bandeaux lissés. Son front petit, poli, bombé, s'avançait de l'ombre d'orbites profondes où s'enfonçaient et se cavaient presque maladivement ses yeux, de petits yeux éveillés, scintillants, rapetissés et ravivés par un clignement de petite fille qui mouillait et allumait leur rire. Ces yeux, on ne les voyait ni bruns ni bleus : ils étaient d'un gris indéfinissable et changeant, d'un gris qui n'était pas une couleur, mais une lumière. L'émotion y passait dans le feu de la fièvre, le plaisir dans l'éclair d'une sorte d'ivresse, la passion dans une phosphorescence. Son nez court, relevé, largement troué, avec les narines ouvertes et respirantes, était de ces nez dont le peuple dit qu'il pleut dedans : sur l'une de ses ailes, à l'angle de l'œil, une grosse veine bleue se gonflait. La carrure de tête de la race lorraine se retrouvait dans ses pommettes larges, fortes, accusées, semées d'une volée de grains de petite vérole. La plus grande disgrâce de ce visage était la trop large distance entre le nez et la bouche. Cette disproportion donnait un caractère presque simiesque au bas de la tête, où une grande bouche, aux dents blanches, aux lèvres pleines, plates et comme écrasées, souriait d'un sourire étrange et vaguement irritant.

Sa robe décolletée laissait voir son cou, le haut de sa poitrine, ses épaules, la blancheur de son dos, contrastant avec le hâle de son visage. C'était une blancheur de lymphatique, la blancheur à la fois malade et angélique d'une chair qui ne vit pas. Elle avait laissé tomber ses bras le long d'elle, des bras ronds, polis, avec le joli trou d'une fossette au coude. Ses poignets étaient délicats ; ses mains, qui ne sentaient pas le service, avaient des ongles de femme. Et mollement, dans une paresse de grâce, elle laissait jouer et rondir sa taille indolente, une taille à tenir dans une jarretière et que faisaient plus fine encore à l'œil le ressaut des hanches et le rebondissement des rondeurs ballonnant la robe, une taille impossible, ridicule de minceur, adorable comme tout ce qui, chez la femme, a la monstruosité de la petitesse.

Vers l'écrit du bac

Sujet de bac

Question *(4 pts)*

Après avoir lu l'ensemble des textes du corpus, vous répondrez à la question suivante : quelle vision de la société se dégage de ces trois textes ?

Travaux d'écriture *(16 pts)*

- **Commentaire :**
  Vous commenterez le texte A, extrait du roman de Balzac, *Eugénie Grandet*.

- **Dissertation :**
  Dans une lettre adressée à Mlle Leroyer de Chantepie, Gustave Flaubert écrit : « L'artiste doit être dans son œuvre comme Dieu dans la création, invisible et tout-puissant, qu'on le sente partout, mais qu'on ne le voie pas. » Vous commenterez et discuterez ces propos de l'auteur de *Madame Bovary*.

- **Invention :**
  Un soir, en rangeant le couvert, Nanon explique à Eugénie pourquoi elle a choisi de rester au service du père Grandet, malgré la dureté et l'avarice de ce dernier. Vous retranscrirez ce discours, en veillant à introduire quelques interventions d'Eugénie et à rédiger l'ensemble sous la forme d'un dialogue.

l'Œuvre en débat — Un testament littéraire ?

> Les *Trois contes* constituent la dernière œuvre achevée de Flaubert. De nombreux points de rapprochement existent entre ce recueil et les œuvres antérieures de l'écrivain. Ainsi, dans *Madame Bovary*, la servante d'Emma se prénomme déjà Félicité, et le « demi-siècle de servitude » de Catherine Leroux, la servante décorée pendant les Comices agricoles (voir p. 62), préfigure celui de Félicité à Pont-l'Évêque. Des similitudes existent également entre les deux autres contes du recueil et *La Tentation de saint Antoine* ou *Salammbô*. Tout se passe donc comme si les derniers textes publiés du vivant de l'écrivain reprenaient et synthétisaient ses thèmes privilégiés, en les portant à un niveau de perfection jamais atteint.

1. À quel aspect privilégié du talent de l'écrivain les textes du dossier s'attachent-ils (p. 90 à 93) ?
2. Selon Flaubert lui-même (texte 1, p. 90), quel est le but ultime de l'écriture en prose ? Que retrouvez-vous de cette visée dans l'écriture d'*Un cœur simple* ?
3. Dans le texte 2 (p. 90), quels reproches Brunetière adresse-t-il à l'œuvre de Flaubert ? Que pensez-vous des exemples choisis par le critique ?
4. Dans le texte 3 (p. 91), par quels moyens Maupassant parvient-il à suggérer la réalité concrète du travail de Flaubert ?
5. Dans le texte 4 (p. 93), à quel type d'artiste Maurice Nadeau compare-t-il le Flaubert des *Trois contes* ? Que pensez-vous de cette comparaison ?

Texte 1 • Gustave Flaubert, *Lettre à Tourgueniev* (25 juin 1876)

*En juin 1876, en pleine rédaction d'*Un cœur simple*, Flaubert écrit à son ami Tourgueniev, lui-même romancier, pour lui faire part de ses difficultés et de son obsession de la beauté…*

Mon *Histoire d'un cœur simple* sera finie sans doute vers la fin d'août. Après quoi, j'entamerai *Hérodias* ! mais que c'est difficile ! nom de Dieu que c'est difficile ! Plus je vais et plus je m'en aperçois. Il me semble que la prose française peut arriver à une *beauté* dont on n'a pas l'idée. Ne trouvez-vous pas que nos amis[1] sont peu préoccupés de la beauté ? Et pourtant, il n'y a dans le monde que cela d'important !

1. Alphonse Daudet et Émile Zola.

Texte 2 • Ferdinand Brunetière, *Revue des Deux Mondes* (15 juin 1877)

Au moment de la parution des Trois contes, *le critique Ferdinand Brunetière fut un des rares littérateurs de son temps à adresser des reproches à l'œuvre de Flaubert.*

Dans la forme, ai-je besoin de dire que c'est toujours la même habileté d'exécution, trop vantée d'ailleurs, – le même scrupule ou plutôt la même religion d'artiste mais aussi la même préoccupation de l'effet trop peu dissimulée, – la même tension du style, pénible, fatigante, importune, les mêmes procédés obstinément matérialistes ? Les lecteurs de M. Flaubert n'auront pas de peine à reconnaître, dans *Un cœur simple*, les longues énumérations monotones : « Au matin, la ville se remplissait d'un bourdonnement de voix, où se mêlaient des hennissements de chevaux, des bêlements d'agneaux, des grognements de cochons » […]. S'ils cherchent bien, ils reconnaîtront ces effets encore d'harmonie imitative : « Ses sabots, comme des marteaux, battaient l'herbe de la prairie », qualifiés, on le sait, de vaine et puérile affectation chez les écrivains du temps jadis, admirables, à ce qu'il paraît, dans la prose de M. Flaubert. C'est que dans l'école moderne, quand on a pris une fois le parti d'admirer, l'admiration ne se divise pas, et l'on a contracté du même coup l'engagement de trouver tout admirable.

Texte 3 • Guy de Maupassant, préface aux *Lettres* de Gustave Flaubert à George Sand (1884)

*Maupassant admirait profondément le talent de Flaubert, qu'il considérait comme son « maître ». Dans une préface à un recueil de lettres de l'écrivain, il revient sur sa méthode de travail particulière, et sur son obsession de la belle phrase, notamment lors de la rédaction d'*Un cœur simple.

[Flaubert] se mettait à écrire, lentement, s'arrêtant sans cesse, recommençant, raturant, surchargeant, emplissant les marges, traçant des mots en travers, noircissant vingt pages pour en achever une, et, sous l'effort pénible de sa pensée, geignant comme un scieur de long.

Quelquefois, jetant dans un grand plat d'étain oriental rempli de plumes d'oie soigneusement taillées la plume qu'il tenait à la main, il prenait la feuille de papier, l'élevait à hauteur du regard, et, s'appuyant sur un coude, déclamait d'une voix mordante et haute. Il écoutait le rythme de sa prose, s'arrêtait comme pour saisir une sonorité fuyante, combinait les tons, éloignait les assonances, disposait les virgules avec science comme les haltes d'un long chemin.

« Une phrase est viable, disait-il, quand elle correspond à toutes les nécessités de la respiration. Je sais qu'elle est bonne lorsqu'elle peut être lue tout haut. »

[…] Mille préoccupations l'assiégeaient en même temps, l'obsédaient et toujours cette certitude désespérante restait fixe en son esprit : « Parmi toutes ces expressions, toutes ces formes, toutes ces tournures, il n'y a qu'une expression, qu'une tournure et qu'une forme pour exprimer ce que je veux dire. » […]

Lorsqu'il lut à ses amis le conte intitulé : *Un cœur simple*, on lui fit quelques remarques et quelques critiques sur un passage de dix lignes, dans lequel la vieille fille finit par confondre son perroquet et le Saint-Esprit. L'idée paraissait subtile pour un esprit de paysanne. Flaubert écouta, réfléchit, reconnut que l'observation était juste. Mais une angoisse le saisit : « Vous avez raison, dit-il, seulement… il faudrait changer ma phrase. »

Le soir même, cependant, il se mit à la besogne, passa la nuit pour modifier dix mots, noircit et ratura vingt feuilles de papier, et, pour finir, ne changea rien, n'ayant pu construire une autre phrase dont l'harmonie lui parût satisfaisante. Au commencement du même conte, le dernier mot d'un alinéa, servant de sujet au suivant, pouvait donner lieu à une amphibologie[1]. On lui signala cette distraction ; il la reconnut, s'efforça de modifier le sens, ne parvint pas à retrouver la sonorité qu'il voulait, et, découragé, s'écria : « Tant pis pour le sens ; le rythme avant tout ! »

---

1. Ambiguïté, double sens.

Texte 4 • Maurice Nadeau, *Gustave Flaubert, écrivain* (1980)

Dans son essai sur Flaubert, Maurice Nadeau revient sur la maîtrise à laquelle est parvenu l'écrivain au moment de la rédaction des Trois contes.

Flaubert dans *Trois Contes* se laisse aller à ses dons et ne craint pas d'exploiter les richesses que lui ont permis d'acquérir ses laborieuses recherches. La seconde nature à laquelle il est parvenu, faite de scrupules, d'exigences et d'un sentiment de beauté qui ne souffre pas de demi-mesure, l'empêche, certes, de se borner à laisser courir la main sur le papier. Il se documente, organise, corrige, remet sur le métier. Du moins ne désespère-t-il pas du but et ne s'interroge-t-il pas sur l'éventualité de la réussite. Il ressemble au virtuose qu'une longue pratique et mille difficultés antérieurement surmontées ont mis en totale possession de son art et qui peut jouer de mémoire les partitions les plus difficiles.

Et, tel le virtuose, Flaubert prend possession de mondes qu'il a déjà explorés et où il a longtemps vécu, exécute sur des thèmes de lui connus et qui lui appartiennent des variations inédites, se donne un plaisir qu'il s'était jusqu'à présent plus ou moins refusé. Si différents qu'ils soient entre eux, les *Trois Contes* donnent l'image d'une création où l'inspiration, les thèmes, l'écriture concourent à un seul et unique objet qui porte ostensiblement l'estampille[1] du génie flaubertien.

© Les Lettres nouvelles.

---

1. La marque.

Manuscrit de Flaubert pour *Un cœur simple*, 187[7]

Question d'actualité

La littérature contemporaine, temps des « vies minuscules » ?

> Avec ses *Vies minuscules* l'écrivain Pierre Michon (né en 1945) a transformé un genre littéraire ancien, celui des « Vies », retraçant l'existence de personnages illustres présentés au lecteur comme des modèles de courage ou de vertu. Lorsque ces figures sont des saints, on parle également d'hagiographies, genre dont *Un cœur simple* se rapproche parfois.
> Mais les personnages que choisit d'évoquer Pierre Michon ne sont que des humbles, des inconnus, des personnalités en apparence anodines, dont le destin recèle un romanesque insoupçonné. N'est-ce pas aussi, d'une certaine manière, le projet de Flaubert lorsqu'il entreprend de mettre en scène, dans ce conte, la vie de Félicité, simple servante ?

1. Quelle est, selon vous, l'originalité du projet de Michel Foucault (texte 1, p. 96) ? Où trouve-t-il le matériau de son « anthologie d'existences » ?
2. Sur quels personnages le récit de Pierre Michon est-il centré dans le texte 2 (p. 97) ? Dans ce texte, quelle est selon vous la part de la fiction, de la recomposition *a posteriori* ?
3. Dans le texte 3 (p. 98), de quelle façon l'auteur introduit-il la figure de Joseph Roulin au premier plan de sa rencontre avec Van Gogh ? Que pensez-vous de cette idée d'une confrontation entre un personnage en apparence insignifiant et une figure désormais légendaire ?
4. En quoi ces différents textes, consacrés à des « vies minuscules », peuvent-ils être rapprochés du « récit d'une vie obscure » que constitue, selon Flaubert lui-même, *Un cœur simple* ?

Texte 1 • Michel Foucault, *La Vie des hommes infâmes* (1977)

Le projet des Vies minuscules *de Pierre Michon doit beaucoup à la lecture de* La Vie des hommes infâmes, *de Michel Foucault. Dans cet ouvrage, le philosophe français publie une anthologie des archives qu'il a trouvées à l'Hôpital général. Le texte suivant présente ce travail singulier.*

   C'est une anthologie d'existences. Des vies de quelques lignes ou de quelques pages, des malheurs et des aventures sans nombre, ramassés en une poignée de mots. Vies brèves, rencontrées au hasard des livres et des documents. Des *exempla*, mais – à la différence de ceux que les sages recueillaient au cours de leurs lectures – ce sont des exemples qui portent moins de leçons à méditer que de brefs effets dont la force s'éteint presque aussitôt. Le terme de « nouvelle » me conviendrait assez pour les désigner, par la double référence qu'il indique : à la rapidité du récit et à la réalité des événements rapportés ; car tel est dans ces textes le resserrement des choses dites qu'on ne sait pas si l'intensité qui les traverse tient plus à l'éclat des mots ou à la violence des faits qui se bousculent en eux. Des vies singulières, devenues, par je ne sais quels hasards, d'étranges poèmes, voilà ce que j'ai voulu rassembler en une sorte d'herbier.

Dits et écrits, t. III, © Éditions Gallimard.

Texte 2 • Pierre Michon, *Vies minuscules* (1984)

Dans cet ouvrage, Pierre Michon livre une suite de huit nouvelles qui sont autant de vies de personnages obscurs, côtoyés de près ou de loin par l'écrivain durant son enfance. Le passage suivant est centré sur l'arrivée dans la famille d'un jeune orphelin.

Bien des années plus tôt, les parents de ma grand-mère avaient demandé que l'assistance publique leur confiât un orphelin pour les aider dans les travaux de la ferme, comme cela se pratiquait alors. […]

On leur envoya André Dufourneau. Je me plais à croire qu'il arriva un soir d'octobre ou de décembre, trempé de pluie ou les oreilles rougies dans le gel vif ; pour la première fois ses pieds frappèrent ce chemin que plus jamais ils ne frapperont ; il regarda l'arbre, l'étable, la façon dont l'horizon d'ici découpait le ciel, la porte ; il regarda les visages nouveaux sous la lampe, surpris ou émus, souriants ou indifférents ; il eut une pensée que nous ne connaîtrons pas. Il s'assit et mangea la soupe. Il resta dix ans.

Ma grand-mère, qui s'est mariée en 1910, était encore fille. Elle s'attacha à l'enfant, qu'elle entoura assurément de cette fine gentillesse que je lui ai connue, et dont elle tempéra la bonhomie brutale des hommes qu'il accompagnait aux champs. Il ne connaissait ni ne connut jamais l'école. Elle lui apprit à lire, à écrire.

© Éditions Gallimard.

Texte 3 • Pierre Michon, *Vie de Joseph Roulin* (1988)

Ce roman raconte la vie d'un modeste facteur qui fut responsable des colis à Arles l'année où s'y installa également Van Gogh. Malgré sa rusticité, le facteur Roulin devint rapidement l'ami du peintre, qui fit à plusieurs reprises son portrait. Le passage suivant constitue l'incipit du récit.

L'un fut nommé là par la Compagnie des postes, arbitrairement ou selon ses vœux ; l'autre y vint parce qu'il avait lu des livres ; parce que c'était le Sud où il croyait que l'argent était moins rare, les femmes plus clémentes et les ciels excessifs, japonais. Parce qu'il fuyait. Des hasards les jetèrent dans la ville d'Arles, en 1888. Ces deux hommes si dissemblables se plurent ; en tout cas l'apparence de l'un, l'aîné, plut assez à l'autre pour qu'il la peignit quatre ou cinq fois : on croit donc connaître les traits qu'il avait cette année-là, à quarante-sept ans, comme on connaît ceux de Louis XIV dans tous ses âges ou d'Innocent X en 1650 ; et sur ses portraits en effet il reste couvert comme un roi, il est assis comme un pape, cela suffit. On connaît aussi de sa vie quelques bricoles, qu'il serait bien étonné de voir paraître là, sous sa propre figure, dans les notes prolixes de livres très savants. On sait par exemple que l'administration des Postes le muta à la fin de 1888 d'Arles à Marseille, avancement dû à son zèle ou rétrogradation due à ses cuites, cela on ne sait ; on est sûr qu'il vit pour la dernière fois Vincent à l'hôpital d'Arles en février de l'année suivante, Vincent qui n'allait pas tarder lui-même à être muté de ce cabanon-ci au cabanon de Saint-Rémy[1], avant la grande mutation à Auvers dont il succomba, en juillet 1890. On ne sait pas ce qu'ils se dirent en dernier. Dans le peu qu'en écrit Van Gogh, il est clair que l'autre était alcoolique et républicain, c'est-à-dire qu'il se disait et croyait républicain et était alcoolique, avec une affectation d'athéisme que l'absinthe[2] exaltait ; qu'il était fort en gueule et bon bougre, et de cela sa conduite fraternelle envers le malheureux peintre fait foi. Il portait une grande barbe en fer de bêche, riche à peindre, toute une forêt ; il chantait de très vieux et navrés chants de nourrice, des refrains de gabier[3] ; des Marseillaises ; il avait l'air d'un Russe, mais Van Gogh ne précise pas si c'était moujik[4] ou barine[5] : et les portraits restent indécis sur ce point, eux aussi.

© Éditions Verdier.

---

1. À l'asile, où Van Gogh choisit d'entrer volontairement.
2. Liqueur très alcoolisée.
3. Matelot.
4. Paysan (russe).
5. Maître (russe).

Rencontre avec

Marion Laine
Réalisatrice

Après avoir obtenu son baccalauréat, Marion Laine s'installe à Paris pour prendre des cours d'arabe à la Sorbonne. Rapidement, elle abandonne ses études pour s'inscrire à des cours de théâtre et, après quelques expériences en tant qu'actrice, se dirige résolument vers la réalisation. Elle tourne alors plusieurs courts-métrages, puis développe quatre scénarios de longs-métrages.
Un cœur simple (2008), adapté du conte de Flaubert, est son premier film.

▶ *Quelles sont les raisons de votre intérêt pour Flaubert ? Et pour* Un cœur simple *en particulier ? Pourquoi avez-vous souhaité en faire une adaptation ?*

J'adore le style de Flaubert. L'art de sa phrase, la ponctuation, l'usage des temps, c'est un écrivain de la grammaire et c'est ainsi qu'il crée de l'émotion. C'est pour moi le signe des grands écrivains. Tout y est extrêmement maîtrisé, alors qu'on sait en lisant sa *Correspondance* qu'il avait un tempérament de feu. Et c'est ce contraste qui apporte cette incroyable tension.
Par ailleurs, on dit de lui qu'il a inventé le cinéma avant le cinématographe. Sa phrase est perpétuellement une leçon de montage ; tout y est : l'art de l'incise, de l'ellipse, de la perspective, de l'arrière-plan...

Rencontre avec...

Je trouvais également plus judicieux d'adapter un texte court. Le deuil que l'on doit faire du texte original pour des raisons de durée est forcément plus cruel sur trois cents pages que sur cinquante.

Et des *Trois Contes*, c'est celui qui présente le budget le plus raisonnable. Mes raisons sont peut-être triviales mais la dimension financière au cinéma est sans nul doute un critère inévitable.

▶ Quels étaient vos partis pris en travaillant l'adaptation ? Avez-vous cherché à rester au plus près du texte ?

J'avais principalement deux contraintes d'ordre temporel : réduire à vingt ans les cinquante années du conte et faire un film n'excédant pas cent minutes.

J'ai plutôt cherché à m'affranchir du conte. Si j'avais voulu être fidèle, j'aurais choisi une comédienne au visage ingrat, Liébard et Frédéric n'existeraient pas et Mme Aubain serait restée en arrière-plan. Or je voulais du lyrisme, de la passion, toutes choses qu'on retrouve, par ailleurs, dans la *Correspondance* de Flaubert. Cette dernière m'a beaucoup inspirée, par sa violence, sa sensualité, sa trivialité. J'ai également pioché dans *Madame Bovary* et dans *L'Éducation sentimentale* (dans les premières versions, beaucoup trop longues, je m'étais également beaucoup amusée en m'inspirant de *Bouvart et Pécuchet* pour les personnages de Bourais et Poupart). L'adaptation est aussi imprégnée de mes obsessions personnelles. J'ai des origines paysannes et cette histoire me permettait entre autres de parler de mes souvenirs, de mon rapport au corps, à la mort, à l'animal, à la nature.

▶ « Je veux apitoyer, faire pleurer les âmes sensibles, en étant une moi-même », a dit Flaubert à propos d'Un cœur simple. Étiez-vous dans la même optique lorsque vous avez tourné votre film ?

Je pleure très facilement au cinéma et c'est loin d'être un gage de qualité pour le film. Je voulais émouvoir, bien sûr, mais très vite passer à autre chose, surtout ne pas s'appesantir, éviter le pathos. Couper au moment opportun, trouver les enchaînements idoines. Et je ne voulais pas qu'on prenne cette femme en pitié mais au contraire qu'on l'admire.

▶ Quelle image avez-vous cherché à donner de Félicité, de Mme Aubain et de leur relation ?

Félicité est une femme d'instinct. Quand elle aime, elle se donne entièrement.

Quand elle souffre, elle crache sa douleur et passe à autre chose. C'est sa façon de survivre, laisser le chagrin derrière elle, aller toujours au-devant du bonheur. Elle est l'anti-Bovary par excellence. Ne jamais s'apitoyer, ne jamais céder à l'esprit de vengeance, au ressentiment, éviter l'aigreur. C'est au sens fort une héroïne, mais son héroïsme gît dans sa simplicité. Au fil de l'écriture du scénario, elle devient plus réactive que l'originale, elle gifle le porteur de la mauvaise nouvelle, elle provoque Mme Aubain en se mordant la main, elle décide de quitter sa maîtresse, elle quitte parfois son mutisme pour donner son avis. À une Félicité « monolithique » s'oppose une Mme Aubain qui évolue au contact de sa servante. Je voulais montrer que cette dernière est traversée de sentiments contradictoires. Le trouble qu'elle éprouve pour Félicité se transforme vite en jalousie castratrice. Dans la scène que j'ai imaginée où elle supplie Félicité de rester, elle montre enfin une faille. Comme Emma Bovary (qui gifle aussi sa fille), Mme Aubain n'a pas « l'instinct maternel », mais contrairement à elle, qui sera prête à abandonner sa fille pour un amant de passage, Mme Aubain renonce à Frédéric, le professeur de musique créé pour l'occasion : elle rejoint Mme Arnoux dans son esprit de sacrifice. À la mort de sa fille, je tenais à ce que Mme Aubain cède enfin à la compassion et « offre » son enfant comme une première preuve d'amour. Je voulais que la scène où les deux femmes communient dans la douleur constitue le point d'orgue du film.

▶ À propos de la « simplicité » de Félicité, pensez-vous qu'il s'agisse davantage de bêtise ou de générosité ?

Les gens cultivés comme Poupart ou Mme Aubain la trouvent bête, mais les paysans respectent son bon sens. Elle est analphabète, n'a reçu aucune instruction, aucune éducation. Cela en fait-il une idiote ? Je pense que la lecture du conte finit par prouver le contraire. Son ignorance est certes à l'origine de scènes très drôles, mais l'ignorance n'est pas synonyme de bêtise. Instinctive, elle sait comment survivre à la douleur, elle sait faire le deuil pour passer à autre chose. Elle a un sens de la vie que je lui envie. Et quand Flaubert veut dénoncer la bêtise, il écrit *Bouvart et Pécuchet*. Pour moi, il estime ce *cœur simple* (le modèle étant sans doute sa fidèle servante). En écrivant l'adaptation, je la faisais mienne et je pensais à ma grand-mère, paysanne, au risque peut-être de m'éloigner de la « femme de bois » de Flaubert.

Rencontre avec...

▶ *Les scènes avec le perroquet se sont-elles révélées difficiles ?*

Bizarrement non. Comme on peut le voir dans le making-off, Sandrine a eu un excellent partenaire (une femelle qui plus est).

▶ *Quels sont, selon vous, les grands héritiers de Flaubert ?*

Je pense qu'ils sont nombreux. Joyce, Kafka, Proust, Pérec, Leiris... ont dit leurs dettes à son égard.

▶ *Cette œuvre fortement ancrée dans la Normandie du XIXᵉ est-elle pour vous encore d'actualité ?*

La leçon de vie que nous donne Félicité est intemporelle.

Sandrine Bonnaire (Félicité) et Pascal Elbé (Théodore) dans *Un cœur simple*, film réalisé par Marion Laine, 2008.

Lexique — Petit vocabulaire de la religion dans *Un cœur simple*

Conte : récit bref qui fait intervenir ou non le merveilleux. Le terme vient du verbe « conter », issu du latin *computare*, qui signifie d'abord « compter » puis « énumérer les épisodes d'un récit ». Au départ, le conte appartient à la littérature populaire transmise oralement de génération en génération. Des traces de cette oralité et de ce fonds populaire subsistent dans les contes modernes.

Évangile : enseignement de Jésus-Christ ; chacun des quatre livres qui le contient.

Fête-Dieu : fête religieuse qui a lieu quinze jours après la Pentecôte. Elle célèbre la présence du corps du Christ dans l'hostie consacrée.

Fétichisme : culte que l'on rend à des fétiches, c'est-à-dire à des objets auxquels on attribue un pouvoir magique.

Hagiographie : vie de saint ; biographie qui semble avoir été embellie à l'excès.

Idolâtrie : pratique d'un culte à l'égard des images, notamment des images des divinités.

Mysticisme : croyance fondée sur l'intuition et le sentiment, et non sur la raison. Le mystique admet la possibilité d'une communication directe et personnelle avec Dieu.

Réalisme : mouvement littéraire et artistique qui se caractérise par un souci de choisir des sujets proches des lecteurs, sans exclure les aspects concrets, voire triviaux de l'existence. Il s'accompagne de la recherche d'un style objectif et dépouillé.

Reposoir : autel provisoire, dressé en plein air et décoré par les paroissiens, destiné à recevoir le Saint-Sacrement.

Saint-Esprit : troisième personne de la Trinité dans la religion chrétienne.

Lire et Voir

Lire

- **Honoré de Balzac, *Eugénie Grandet,* 1833**

    Dans ce drame de l'avarice, on retrouve une figure de servante, la Grande Nanon, aussi laide que fidèle à son maître, le Père Grandet.

- **Gustave Flaubert, *Madame Bovary,* 1857**

    C'est à partir d'un fait divers que Flaubert écrira Madame Bovary. *Par bien des aspects,* Un cœur simple *peut être rapproché de ce roman qui fit la célébrité de l'auteur en 1857. La bonne d'Emma Bovary se prénommait déjà Félicité, et les deux œuvres se situent en Normandie, terre natale du romancier.*

- **Gustave Flaubert, *La Légende de saint Julien l'Hospitalier* et *Hérodias,* 1877**

    *Les deux autres contes du triptyque de 1877, à lire en complément d'*Un cœur simple. *Le premier se passe au Moyen Âge, le second dans l'Orient antique.*

- **Gustave Flaubert, *Correspondance,* 1998**

    La lecture de la passionnante correspondance de l'écrivain, dont on trouvera ici de larges extraits, est la meilleure entrée en matière à son œuvre. Flaubert y revient notamment sur les tourments que lui infligeait cette « chienne de chose » qu'est la prose.

- **Julian Barnes, *Le Perroquet de Flaubert,* Stock, 2000**

    *Médecin anglais spécialiste de Flaubert, Geoffrey Breathwaite découvre dans un recoin du musée Flaubert, à Rouen, le perroquet empaillé qui inspira à la vieille servante d'*Un cœur simple *une étrange passion.*
    Mais à Croisset, la propriété de famille des Flaubert, se trouve un second perroquet avec les mêmes prétentions à l'authenticité. Où est le vrai perroquet, qui est le vrai Flaubert, où est la vérité de l'écrivain ? Si rien n'est certain, l'inspecteur Barnes, au bout de son éblouissante enquête littéraire, démontre néanmoins, avec élégance et humour, que la seule chose importante, c'est le texte.

• *Madame Bovary,* **film de Jean Renoir,** 1933

La première adaptation de l'œuvre de Flaubert, qui propose une reconstitution très soignée de la France de 1850.

• *Madame Bovary,* **film américain de Vincente Minnelli,** 1949

Gustave Flaubert passe en jugement pour avoir écrit Madame Bovary, *car l'œuvre est jugée immorale. Il raconte son roman devant le tribunal est devient l'avocat de son héroïne. Il cherche à démontrer que c'est la société qui est coupable du sort d'Emma.*

• *Madame Bovary,* **film de Claude Chabrol,** 1991

Ce film est une adaptation relativement fidèle du célèbre roman de Flaubert. Isabelle Huppert y joue le rôle d'Emma Bovary, une femme fuyant la médiocrité et la monotonie de la vie quotidienne...

• *Le Val Abraham,* **film portugais de Manoel de Oliveira,** 1993

Une nouvelle adaptation de Madame Bovary. *L'action est transposée de nos jours, dans la région de Douro au Portugal.*

• *Un cœur simple,* **film de Marion Laine,** 2008

Cette adaptation constitue le premier long-métrage de Marion Lainé. Sandrine Bonnaire y joue le rôle de Félicité, Marina Foïs celui de Mme Aubain.

Notes personnelles

Ces pages sont les vôtres.
Vous pourrez y noter :
vos citations préférées
d'*Un cœur simple*, ce que vous
pensez de tel ou tel personnage,
le passage de l'œuvre qui vous
a marqué, ce qui vous a surpris,
plu, mais aussi déplu...

À vos plumes !

TABLE DES ILLUSTRATIONS

Couverture : ⓒ Rezo Productions/ARTE France Cinéma, 2008.
p. 4 : *Gustave Flaubert*, photographie de Félix Nadar, XIXe siècle, BNF, Paris, BIS/Ph. Coll. Archives Nathan.
p. 6 : *Napoléonisme, caricature*, parue en 1869 dans le *Illustrated London Way*, BIS/Ph. Jeanbor ⓒ Archives Bordas.
p. 8 : *Perroquet*, ⓒ Shutterstock/ⓒZaharch.
p. 11 et 67 : *La servante Félicité*, illustration de Louis-Émile Adam pour *Un cœur simple*, édition de 1894, Bibliothèque Sainte-Geneviève, Paris, ⓒ Archives Charmet, The Bridgeman Art Library.
p. 41 : ⓒ Roger-Viollet.
p. 49 : Bibliothèque Sainte-Geneviève, Paris, ⓒ Archives Charmet, The Bridgeman Art Library.
p. 55, 88 : ⓒ 2008 Rezo Productions / ARTE France Cinéma.
p. 94 : Manuscrit pour *Un cœur simple*, 1876, ⓒ Roger-Viollet.
p. 100 : La réalisatrice Marion Lainé obtient le prix du jury, pour son film *Un cœur simple* lors de la cérémonie de clôture du 30e Festival international du film de Moscou, le 28 juin 2008, ⓒ Photo Misha Japaridze/AP/SIPA.
p. 103 : ⓒ 2008 Rezo Productions / ARTE France Cinéma.

p. I : ⓒ 2008 Rezo Productions / ARTE France Cinéma.
p. II : Coll. Privée Eileen Tweedy ⓒ Collection Dagli Orti/The Picture Desk.
p. III : ⓒ RMN (Musée d'Orsay)/Hervé Lewandowski.
p. IV : ⓒ The Bridgeman Art Library.

Conception graphique : Julie Lannes
Design de couverture : Denis Hoch
Recherche iconographique : Gaëlle Mary
Cartographie : AFDEC (p. 12)
Mise en page : Axiome
Correction : Laure-Anne Voisin
Édition : Valérie Antoni
Fabrication : Marine Garguy

N° d'éditeur : 10209535 – Dépôt légal : Août 2014
Imprimé en France par I.M.E. - 25110 Baume-les-Dames

COLLÈGE

- 65. **BÉDIER**, *Le Roman de Tristan et Iseut*
- 74. **CHRÉTIEN DE TROYES**, *Yvain, le Chevalier au lion*
- 51. **COURTELINE**, *Le gendarme est sans pitié*
- 38. **DUMAS**, *Les Frères corses*
- 71. **FEYDEAU**, *Un fil à la patte*
- 67. **GAUTIER**, *La Morte amoureuse*
- 1. **HOMÈRE**, *L'Odyssée*
- 29. **HUGO**, *Le Dernier Jour d'un condamné*
- 2. **LA FONTAINE**, *Le Loup dans les Fables*
- 3. **LEPRINCE DE BEAUMONT**, *La Belle et la Bête*
- 10. **MAUPASSANT**, *Boule de suif*
- 26. **MAUPASSANT**, *La Folie dans les nouvelles fantastiques*
- 43. **MAUPASSANT**, *4 nouvelles normandes (anthologie)*
- 62. **MÉRIMÉE**, *Carmen*
- 11. **MÉRIMÉE**, *La Vénus d'Ille*
- 68. **MOLIÈRE**, *George Dandin*
- 7. **MOLIÈRE**, *L'Avare*
- 23. **MOLIÈRE**, *Le Bourgeois gentilhomme*
- 58. **MOLIÈRE**, *Le Malade imaginaire*
- 70. **MOLIÈRE**, *Le Médecin malgré lui*
- 52. **MOLIÈRE**, *Le Sicilien*
- 36. **MOLIÈRE**, *Les Fourberies de Scapin*
- 28. **MUSSET**, *Il ne faut jurer de rien*
- 6. **NICODÈME**, *Wiggins et le perroquet muet*
- 21. **NOGUÈS**, *Le Faucon déniché*
- 59. **PERRAULT**, *3 contes (anthologie)*
- 8. **POUCHKINE**, *La Dame de pique*
- 12. **RADIGUET**, *Le Diable au corps*
- 39. **ROSTAND**, *Cyrano de Bergerac*
- 24. **SIMENON**, *L'Affaire Saint-Fiacre*
- 9. **STEVENSON**, *Le Cas étrange du Dr Jekyll et de M. Hyde*
- 54. **TOLSTOÏ**, *Enfance*
- 61. **VERNE**, *Un hivernage dans les glaces*
- 25. **VOLTAIRE**, *Le Monde comme il va*
- 53. **ZOLA**, *Nantas*
- 42. **ZWEIG**, *Le Joueur d'échecs*
- 4. La Farce du cuvier *(anonyme)*
- 37. Le Roman de Renart *(anonyme)*
- 5. Quatre fabliaux du Moyen Âge *(anthologie)*
- 41. Les textes fondateurs *(anthologie)*
- 22. 3 contes sur la curiosité *(anthologie)*
- 40. 3 meurtres en chambre close *(anthologie)*
- 44. 4 contes de sorcières *(anthologie)*
- 27. 4 nouvelles réalistes sur l'argent *(anthologie)*
- 64. Ali Baba et les 40 voleurs

LYCÉE

- 33. **BALZAC**, *Gobseck*
- 60. **BALZAC**, *L'Auberge rouge*
- 47. **BALZAC**, *La Duchesse de Langeais*
- 18. **BALZAC**, *Le Chef-d'oeuvre inconnu*
- 72. **BALZAC**, *Pierre Grassou*
- 34. **BARBEY D'AUREVILLY**, *Le Bonheur dans le crime*
- 32. **BEAUMARCHAIS**, *Le Mariage de Figaro*
- 20. **CORNEILLE**, *Le Cid*
- 56. **FLAUBERT**, *Un cœur simple*
- 49. **HUGO**, *Ruy Blas*
- 57. **MARIVAUX**, *Les Acteurs de bonne foi*
- 48. **MARIVAUX**, *L'Île des esclaves*
- 19. **MAUPASSANT**, *La Maison Tellier*
- 69. **MAUPASSANT**, *Une partie de campagne*
- 55. **MOLIÈRE**, *Amphitryon*
- 15. **MOLIÈRE**, *Dom Juan*
- 35. **MOLIÈRE**, *Le Tartuffe*
- 63. **MUSSET**, *Les Caprices de Marianne*
- 14. **MUSSET**, *On ne badine pas avec l'amour*
- 46. **RACINE**, *Andromaque*
- 66. **RACINE**, *Britannicus*
- 30. **RACINE**, *Phèdre*
- 13. **RIMBAUD**, *Illuminations*
- 50. **VERLAINE**, *Fêtes galantes, Romances sans paroles*
- 45. **VOLTAIRE**, *Candide*
- 17. **VOLTAIRE**, *Micromégas*
- 31. L'Encyclopédie *(anthologie)*